GUSH

IM NOT GOING
IF RAE'S NOT GOING

Delicious
Boyfriend!

FINN

MY MAD
FAT DIARY

마이 매드 팻 다이어리

레이 얼 지음
공보경 옮김

애플북스

내가 이 일기장을 태워버리겠다고 했을 때 뜯어 말려준
남편 케빈 존슨에게,

코미디 천재로 삼십 년을 살았고
특히 '울프' 카드 게임에 타고난 능력자인 아버지 케빈 얼에게,

무엇보다
핵전쟁 드라마 〈쓰레즈〉를 못 보게 하고,
"새 가스레인지만 사준다면
네가 어떤 글을 써서 출판하든 상관없어"라는
어마어마한 어록을 남긴 엄마에게 이 책을 바칩니다.

프롤로그

뚱뚱한 소녀의 정신 나간 일기 제1권 – 1989년의 기록

사실 이런저런 설명이 필요 없을 것 같지만, 그래도 이해를 돕기 위해 배경 설명을 약간 할까 한다. 우선 경고하겠는데 이 일기 중 일부는 좀 괴상망측하다. 안 그래도 괴상한 드라마 〈트리샤〉의 요상하지만 재미난 일화 정도로 생각해주기 바란다.

사람들한테 그간 살아온 얘길 들려줄 때마다, 그중 일부는 내가 들어도 지랄 맞은 헛소리로 들린다. 스무 살 연하인 모로코 보디빌딩 챔피언과 결혼한 예순네 살의 모친을 둔, 서른다섯 살 먹은 여자가 어디 흔한가. 그 보디빌더의 사진을 자기 엉덩이에 문신으로 새긴 엄마를 둔 딸내미가 어디 흔하냔 말이다. 내가 바로 그런 여자다. 여러분이 이 정도는 미리 알아두는 게 좋을 것 같아 털어놓는다.

이 일기를 쓰던 당시 나는 정신병동에서 막 퇴원한, 사립 중고등학교에 다니는 열일곱 살 소녀였다. 이 학교는 일레븐 플러스라는 능력평가시험 결과에 따라 장학금을 받고 다닐 수도 있는 곳이었다. (내가 살던 링컨셔는 영국의 다른 지역에 비해 모든 게 오십 년은 뒤처진 곳이었는데 교육 정책도 예외가 아니다.)

정신병동은 어땠냐고? 지독한 신경쇠약에 걸리기에 딱 알맞은 곳이었다.

1980년대 후반의 건강관리 전문가들은 청소년 환자를 성인 환자들과 함께 정신병동에 둬도 괜찮다고 여겼던 모양이다. 참 웃기는 짓이 아닐 수 없다. 창밖으로 보이는 풍경이라곤 뿌리채소를 심어놓은 들판뿐인 곳에 사람을 가둬놓다니. 자신의 의지와 상관없이 온종일 갇혀서 양배추와 사탕무만 쳐다보고 있으면 누구라도 미쳐버리고 만다.

그래서인지 그때 난 완전히 제정신으로 돌아오진 않았다. 엄마가 겪고 있는 제2의 사춘기가 내 사춘기와 수시로 충돌했고 그런 와중에 나는 헨리 8세의 외교 정책에 관한 에세이를 간신히 끝마쳤다.

1989년, 엄마는 두 번째 남편과 여전히 부부였지만 나중에 알고 보니 그는 동성연애자였다. (젠장 맞을 일이긴 했지만 그가 수집해놓은 음반들은 정말이지 대단했다! 1970년대 색깔을 고스란히 간직한 유럽 디스코 음반을 보유한 곳은 아마 우리 집뿐이었을 것이다.) 그는 모로코에 가서 영어를 가르쳤다. 다른 집 엄마들과 십대 딸들처럼 우리 모녀도 늘 서로를 괜히 거슬려 하며 아웅다웅했다. 엄마는 나에 대한 기대치가 심하게 높았다. 늘 내가 이 작은 링컨셔 마을에서 인생의 기회를 충분히 누리지 못하고 살까 봐, 당신이 겪는 온갖 문제들의 주원인인 남자들 때문에 곤란한 지경에 처하게 될까 봐 염려했다.

사실 걱정할 만도 했다. 1980년대 후반 쓰던 말로 난 남자에 아주 '환장'해 있었으니까. 대다수 십대들처럼 나 역시 처녀 딱지를 빨리 떼고 싶어 안달이 나 있었다. 그렇지만 이미 내 연인이 애도 배지 않은 나를 임신부처럼 보이게 만들어놓았기에, 나는 절대로 십대 임신율의 한 수치로 들어갈 수가 없었다. 그 연인은 바로 음식이었다.

언제부터 음식에 빠져들게 되었는지는 정확히 기억나지 않는다. 1981년도, 아홉 살 때 해피 쇼퍼라는 편의점에서 파는 초콜릿 비스킷 한 통을 사먹은 게 시작이었을까. 보라색 포장지에 들어 있던 그 비스킷을 작살낸 후, 한 통 더, 그리고 또 한 통을 먹었다. 그때부터 난 잠자는 시간을 제외하곤 음식을 손에서 놓지 않고 신나게 먹고 즐겼다. 집에서는 묶음 상품으로 산 초콜릿을 줄줄이 입에 달고 살았고 앙증맞게 잘라진 치즈는 뭉쳐서 한입에 털어넣었다. 학교에서는 급식 담당 아주머니가 문제였다. 그 아주머니들은 나를 무척이나 사랑했다. 통통한 아이를 자기네처럼 뚱뚱한 아줌마로 만들어놓고 싶어서였을까.

옷 밖으로 살이 넘쳐흐를 지경인데도 내 얼굴은 늘 '더 주세요' 표정을 짓고 있었다. 세인트 조지 초등학교에 다니던 시절, 쿡 아주머니는 처음엔 나를 그저 볼살이 통통하다 못해 불도그처럼 축 늘어진 보기 싫은 꼬마 정도로만 여겨서 내가 아무리 급식을 더 달란 표정을 지어도 꿈쩍하지 않았다. 그렇지만 결국 나에게 굴복하고 말았다. 쿡 아주머니는 밀크셰이크에 분홍색 커스터드 '타맥'(라이스크리스피에 찐득한 초콜릿을 입힌 과자를 가리키던 1970년대 후반 용어)까지 추가로 주었다. 중등학교에 진학해서는 음식에 더욱 빠져들었다. 우리 학교는 제법 상류층이 다니는 곳이라 디저트로 치즈와 비스킷이 나왔다. 아침에 나름 잘 차려진 음식을 먹고 집을 나와, 학교에 와선 세 코스로 된 급식을 먹고, 집에 돌아오면 차로 입가심을 했다(사실 차라기보다는 전기 찜솥에 닥치는 대로 재료를 쓸어 넣고 끓인 스튜였다. 나처럼 툭하면 밤중에 닭 한 마리를 통째로 뜯는 사람이면 저녁을 스튜로 때워도 살이 찔 수밖에 없다). 여기에 더해 학교를 마치고 사온, 반짝이는 포장지에 싸인 먹을거리를 끝없이 입에 쑤셔넣고 되새김질하곤 했다.

그런 이유로, 열일곱 살의 나는 키 163센티미터에 몸무게 92킬로그램에 육박하는 비만한 몸뚱어리를 갖게 되었다. 그 정도로 뚱뚱해지면 우라질 상황에 처하게 마련이다. 그게 뭐냐면(영양에 관한 기본적인 지식만 있어도 알 수 있는 사실이지만), 체중 과다에서 벗어나려면 수십 년이 걸릴 것이라는 점이다. 어차피 단시일 내에 살을 빼긴 글렀으니 차라리 훌라훕스 과자를 치즈 스프레드에 넣어 듬뿍 찍은 다음 입에 털어넣는 게 낫다. 반 봉지 정도는 한 번에 먹어줘야겠지.

　1989년에는 길에서 뚱뚱한 소녀를 보는 게 드문 일이었다. 요즘은 어디서나 토실토실한 아이들이 눈에 띄지만 당시만 해도 희귀한 존재였다. 그래서 우리 뚱녀들은 체육 시간이면 더 심한 고문을 받았다. 인간으로서의 기본 권리도 누리지 못한 채 말이다. 이 몸을 유지하려면 남들보다 더 많은 신선한 공기를 들이마시고, 더 많은 칼로리를 흡수해야 했으므로 당연히 온몸은 늘어진 곳 하나 없이 더욱 빵빵하게 부풀었다. 우리 뚱녀들은 비만 아동이 별로 없던 1980년대에 이미 존재하고 있었다. 하지만 우린 특대 사이즈의 몸뚱어리를 보란 듯이 드러내놓지 않았다. 그래서 여러분이 우릴 못 보고 지나쳤을 수도 있다. 평균보다 30여 킬로그램이 더 나가는 몸을 가진 소녀라면 가급적 남들 눈에 띄지 않게 벽에 붙어 서 있는데 이골이 나 있었을 테니까. 그 소녀는 캐드버리 미니롤을 우걱우걱 먹으며 뚱녀의 기도를 읊조렸을 것이다.

남자들이 속으로는 가수 앨리슨 모예나 영화배우 던 프렌치 같은 뚱녀들을 사모하고 있기를⋯⋯

작고 노출 심한 옷을 입은 개미허리녀보다 대범한 성격을 가진 나를 더 높이 평가해주기를⋯⋯

오프라 윈프리의 말처럼, 남들이 내 안의 아름다움을 더 중요하게 생각해주기를, 그리고 언젠가는 내 몸이 가수 카일리 미노그처럼 날씬해지기를⋯⋯

그래서 이 살덩어리 밑에 파묻힌 귀여운 말괄량이를 끄집어내줄 남자가 몇 명이라도 생기기를⋯⋯

기도하나이다⋯⋯

간절히 기도하나이다⋯⋯

그리고 워커즈 새우칵테일 과자가 맛은 그대로에 무지방으로 나오게 해주소서.

아멘.

추신. 카일리 미노그가 무리라면 카일리의 여동생 대니 미노그 정도만 돼도 괜찮아요.

말라깽이들로 가득한 1980년대에 이 뚱뚱한 소녀는 작은 마을에 외로이 처박힌 채, 실컷 먹으며 살았다. 내 몸은 매일 온갖 호르몬이 뒤섞여 부글부글 끓어올랐다. 성적인 좌절과 질투, 욕정. 링컨셔에서는 이 모든 게 1990년대 후반까지도 금기시되었던 항목들이라, 나는 그 비밀스런 감정들을 학교에서 슬쩍 해온 공책 세 권에 모조리 던져넣기로 했다.

이 일기는 그렇게 시작되었다.

나와 엄마와 음식. 1989년 1월, 우리는 링컨셔 스탬퍼드에서 귀먹은 하얀 고양이와 함께 살았다. 회녹색 욕실, 맛있고 못돼먹은 음식들로 가득한 식품저장실을 갖춘 서민용 연립주택에서. 이 작은 마을은 얄궂게도 영국 최고의 뚱보인 대니얼 램버트의 묘지가 있는 곳으로도 유명하다. 우린 휴대폰도 없고 러시아인들을 두려워했다. 찰스와 다이애나는 부부로 살아가고 있고, 베를린 장벽은 여전히 굳건했으며, 카일리 미노그가 음반 차트에서 일 년 더 버티리라곤 아무도 예상치 못하던 시절이다. 이때부터 나는 일기를 쓰기 시작해 대학 입시 준비기간인 제6과정 내내 손에서 놓지 않았다.

여기 쓴 내용은 전부 사실이다. 사람들의 이름을 바꿔놓긴 했지만 모두 실제 인물들이다. (세 명을 섞어 한 인물로 만들기도 했는데 바로 베서니다. 뚱뚱하고 정신 나간 소녀의 인생을 마구 휘저어놓은 심술 맞은 계집애가 딱 한 명만 존재할 리 없잖은가.) 사건들이 일어난 시간도 자유롭게 구성했지만 다 실제로 있었던 일이다. 일기를 다시 읽어보니 어찌나 웃음이 나던지. 그래서 단어 하나하나까지 여러분과 공유하고 싶어졌다. '성격 좋고 쾌활하다'는 딱지를 붙이고 사는 뚱뚱한 소녀들이 여전히 사방에 존재하기 때문이기도 하다. 그 소녀들에게 (그리고 그 밖의 모든 이들에게) 결국은 모든 일이 잘 풀릴 거라고 말해주고 싶다. 뚱뚱하고 정신이 나간데다 열일곱 살이나 되어서도 여전히 모태솔로인 여자라도 시간이 지나면 다 괜찮아질 거라고.

1989년 1월 24일 화요일, 일기 제1권의 시작이다.

차례

프롤로그 /6

1월

24일 **난 뚱뚱하다** /20

25일 **구토쟁이 메건** /22

26일 **스탬퍼드 정신병동 대기실** /24

28일 **사과주 1파인트** /28

29일 **베서니를 좋아하는 이유** /30

30일 **일기장을 숨겨야 해!** /32

31일 **유지비 적게 드는 딸** /35

2월

1일 **오! 해리** /38

3일 **뚱뚱해서 좋은 점** /39

4일 **인생 최악의 날** /40

6일 **고맙다, 플로렌스 헌터** /41

7일 **도서관 할망구들** /43

9일 **〈오르가슴〉이 어때서?** /46

11일 **베서니는 모두에게 꼬리를 친다** /48

12일 **모트의 조언** /50

13일 **내 일기의 등장인물들** /51

14일 **밸런타인데이** /54

17일 **뚱뚱한 레이는 이제 그만!** /56

18일 **똥 밟은 날** /57

19일 **링컨셔의 싸구려 인생** /59

20일 **엄마의 두 번째 남편** /60

22일 **베서니의 변명** /61

25일 **첫 키스** /64

27일 **키스황제 해리** /68

28일 **20세기의 스탬퍼드** /70

3월

1일 **동정심이 아니야** /72

4일 **엄마의 다이어트 일대기** /73

5일 **해리의 여자친구** /74

6일 **데이트 패션** /76

8일 **이별 통보** /77

10일 **엄마의 마카로니 치즈 한 접시** /80

11일 **내 말빨은 역시 대단해** /81

13일 **뒤로 호박씨 까는 베서니** /84

15일 **고통은 사방에 존재한다** /86

16일 **온갖 괴상한 생각들** /88

17일 **루크와 나의 삼단논법** /88

18일 **전형적인 럭비선수일 뿐이야** /90

19일 **처녀 딱지** /91

20일 **난 할머니를 사랑한다** /92

21일 **부활절 주말과 경구 피임약** /93

22일 **바나나로 연습?! 맙소사** /94

23일 **엄마의 괜한 걱정** /96

24일 **기분 날아간다** /97

25일 **마지막 동정녀** /98

28일 **어느 멋진 날** /100

29일 **개나 줘** /101

4월

2일 **만우절 장난** /104

4일 **얇은 벽 너머로** /105

5일 **귀걸이** /107

6일 **임신검사기** /108

8일 **별자리 운세** /109

18일 **모두 다이어트를 한다** /110

19일 **데이지의 땅콩버터 롤빵** /111

20일 **루크와 사귈 가능성** /112

21일 **로맨스 중간 결산** /113

25일 **잘 알지도 못하면서** /115

26일 **개가 짖는다, 왈왈** /116

29일 **구토 따윈 하지 않겠다** /118

5월

1일 **여전히 난 뚱보다** /120

2일 **이기적인 암소의 스튜** /121

4일 **감자튀김에 안 넘어가** /122

7일 **지긋지긋한 잔소리** /123

8일 **해리의 비밀** /124

11일 **모두의 첫 경험** /127

12일 **네가 뭘 안다고** /129

14일 **자석 같은 나** /131

15일 **넬슨 만델라와 초코칩** /135

16일 **누가 나랑 사귀겠어?** /136

17일 **루크 나를 좋아해줘!** /138

18일 **똥을 준 베서니** /139

19일 **루크랑 베서니** /144

22일 **핀, 그럴 필요 없어** /146

23일 **베서니의 투정** /147

24일 **우간다로 가버려, 루크** /149

25일 **끝장나게 섹시한 프랑스애들** /150

27일 **기죽은 베서니** /152

28일 **요즘 관심 있는 남자들** /154

6월

1일 **머릿속이 복잡하다** /160

4일 **베서니와 거리를 두자** /161

5일 **내가 하고 싶은 말** /163

9일 **엄마가 알 리 없지** /166

12일 출산에 대한 새로운 정보 /168

13일 안전한 컨닝 /168

16일 핀은 춤도 잘 춘다 /169

17일 키스와 섹스투성이의 마을 /172

21일 사 개월 전의 키스 /173

22일 콩가춤 /173

26일 엘리자베스 1세와 나의 공통점 /174

28일 식비가 바닥났어 /175

7월

2일 내가 정신 나간 애인 건 알고 있지? /178

3일 팬케이크처럼 납작해진 기분 /180

4일 모트가 이집트에 간다 /181

6일 어메이징한 우리 엄마 /183

10일 외로움을 홀로 견디기가 어렵다 /185

11일 가을이 오기를 /189

15일 모트와 낙타 열다섯 마리 /190

19일 신분상승 /191

20일 난 잘못한 게 없다 /192

21일 핀의 여친 /193

23일 핀의 본 모습 /195

26일 핀핀핀! finn! /197

28일 핀과 사귄다면 /198

29일 핀에게 받은 반지 /200

30일 악몽의 설거지 /202

31일 새로운 고문 /203

8월

1일 일당 16파운드 /206

4일 튀긴 소시지, 너냐? /207

6일 30파운드의 그것 /208

7일 엄마한테 한 방 먹었다 /211

8일 핀이 타준 커피 /212

9일 핀의 태도 /213

10일 속이 탄다 /214

11일 롤러코스터 안전벨트 /215

12일 핀한테 다 줄거다 /216

15일 이십 년간의 자랑거리 /218

18일 엄마의 무슬림 남친 /219

19일 핀 앞에선 붕신이 된다 /220

21일 핀의 재킷 /221

22일 운전면허 /222

24일 아드난의 앵무새 세장 /223

27일 베서니는 여전히 XX /225

9월

1일 핀이 내 눈을 볼 때 /228

3일 레이 업 개조하기 /229

5일 미국에 갈까? /231

11일 새장이 싫다고! /232

12일 앵무새 만델라 /234

14일 내가 자랑스럽다 /235

18일 유행하는 남친 스타일 /237

19일 정신 차려요, 아줌마! /238

20일 한심스러운 마흔일곱 살 /239

22일 헛똑똑이 레이첼 얼 /240

23일 아, 신이시여 /242

25일 미녀가 될 잠재력 /245

26일 도대체 /247

10월

2일 이대로 괜찮을까 /250

9일 좋아 죽겠다! /251

12일 '웃기는 애' 역할 /251

15일 찬장 정리 /252

21일 아빠 /253

23일 내 몸무게 /254

30일 초대 받은 것들 /255

31일 할로윈 /256

11월

6일 핀의 마음 /260

7일 과일 다이어트 /261

10일 베를린 장벽이 무너진다 /262

13일 나도 바뀔 수 있지 않을까? /263

17일 핀에 대한 착각!? /264

19일 배신 /265

20일 숙제 안 했을 때, 최고의 핑계 /266

30일 엄마에게 미안하다 /267

12월

1일 할머니, 제발 /270

3일 고백 게임 /270

5일 초콜릿 도둑 /272

8일 루퍼트 곰인형 /273

9일 눈물을 멈출 수 없어 /274

10일 장례식 /275

12일 내 어린 시절 /277

13일 생일 후기 /279

20일 육 개월간, 안녕 /279

22일 아무도 모른다 /280

25일 끔찍한 크리스마스 /281

29일 올해를 돌아보며 /282

31일 고백 /284

Thnaks to /288

주요 캐스트 *드라마와 인물 매칭, 닉네임이 살짝 다릅니다

레이: 주인공, 뚱뚱하고 정신 나간 이 일기의 소유자.

레이의 엄마: 열여덟 살에 레이의 오빠를 낳았고 모로코 남자와 세 번째 결혼을 앞두고 있다.

모트: 상냥하고 이해심 넓은 굿걸. 레이의 베스트프렌드.

베서니: 학교의 퀸카이면서 레이를 자주 괴롭히는 여왕벌.

루크: 학교의 킹카.

해리: 레이의 첫 남친, 비밀이 많다.

튀긴 소시지: 레이와 농담 따먹기로 죽이 잘 맞는 루저1.

무화과, 둔탱이: 루저2, 루저3.

핀: 시크해 보이지만 알고 보면 속 깊은 훈남. 레이의 로미오.

1월

January 1)

1월 24일 화요일

난 뚱뚱하다

다시 일기를 써야겠다는 정신 나간 충동이 일고 있다. 왜 그런지는 모르겠다. 그때처럼 또 속에서 울컥울컥 올라오는 게 있어서일까. 옛날 일기장을 보니까 마지막으로 쓴 게 거의 이 년 전이다. 맙소사, 어찌나 지랄 맞은 개소리로 가득한지. (있는 그대로 표현하자면) 아주 똥덩어리 그 자체였다! 솔직히 그냥 태워버리고 싶다. 더는 재미있지도 유용하지도 않다. 읽고 난 다음에 쓰레기통에 처넣어버려야지. 뭐라고 써 있냐고? 흐음, 대충 요약하자면 이렇다······.

- 음반 수집이 꽤 잘됐다. 음반 가게에서 석 달에 한 번씩 세일을 하는데 주크박스에 넣었던 음반들을 10펜스에 판다. 그 세일을 통해 천 장이 넘는 싱글 앨범을 사 모았다. 그중 절반은 스크래치가 나 있어서 티파우의 〈손 안의 도자기China in Your Hand〉 같은 경우 일 분도 제대로 들을까 말까지만 누가 뭐라겠어?

- 뭔가 병이 있다고는 하는데. 하, 일이 어떻게 되어가는 건지 모르겠다. 결국 난 이디스 카벨 병원의 정신병동에서 주말을 보내야 했다. 거기서 한 일은 조각그림 맞추기, 으깬 감자

요리 먹기, 단체 운동하기가 전부였다. 병원에서 나가기 위해 난 기분이 좋아진 척 거짓말을 했다. 내 생각과 행동 중 일부가 심하게 잘못되었다는 건 나도 안다. 하지만 다시는 머릿속에 담긴 생각을 남에게 털어놓는 실수를 저지르지 않을 거다. 배터리가 다 된 스테레오, 오십여덟 권의 《리더스 다이제스트》밖에 없는 갈색 방에 갇히는 건 정말 싫으니까. 그보다 더 끔찍한 상황은 또 없을 거다.

🍒 내가 '여성으로서의 문제'를 갖고 있다고 아무리 말해도 그들은 내 나이 땐 원래 다들 그렇다며 대충 넘겨버린다. 문제는 엄마한테도 똑같은 소릴 한다는 거다. 엄마는 갱년기를 겪고 있다. 그렇다면 나는 앞으로 삼십 년은 더 이런 상태로 살아야겠구나. 끝내주네.

🍒 에이레벨 과정에서 네 과목을 선택함. 영어. 정치학. 역사. 무대예술.

🍒 클로이가 임신을 했다! 세상에 이게 말이 돼? 결국 클로이는 학교도 그만둬야 했다. 제6과정 수업이 진행되는 건물의 화장실에서 클로이는 나한테 임신 사실을 털어놓았다. 클로이는 얘기하는 내내 창턱에 앉아 트윅스 초콜릿을 폭풍 흡입했다. 전혀 아무렇지도 않게 말이다.

🍒 난 뚱뚱하다. 정말정말 뚱뚱하다. 임신한 클로이보다도 내가 더 뚱뚱하다.

🖤 소프트 셸 그룹의 가수가 진 피트니와 함께 음반을 냈다!!!
진 피트니는 나이가 굉장히 많아서 우리 할머니 취향인 가
수인데!! 아주 망조로 가는구나.

기분이 엿 같다! 얼른 내일이 와서 일기의 2페이지로 넘어가고 싶다. 아, 사랑 받고 싶어라. 더럽게 진부하다고? 하지만 난 나를 사랑하는 남자에게 사랑 받고 싶다! 누군가에게 특별한 사람이 된 기분을 느껴보고 싶다. 한편으론 그런 기분이 드는 것에 죄책감도 느껴진다. 밤마다 그런 꿈을 꾼다. 특별한 누군가에 대한 꿈. 난 여전히 뚱뚱한데다 못생겼다. 게다가 모두가 성질을 부리고 여기저기서 토해대는 펍과 파티는 내 취향이 아니다. 난 그저 남자랑 침대에 눕고 싶을 뿐이다. 나랑 안 어울린다고 해도, 그냥 그러고 싶은 기분이라고! 나도 그걸 하고 싶다. 사랑 받고 싶다.

1월 25일 수요일

구토쟁이 메건

🕐 오후 7시

어제 써놓은 일기를 다시 읽어봤는데 어쩌나 한심한지.

시작부터 대단하구먼. 어쨌든 오늘 하루도 완전 똥 같았다. 책을 읽고 답을 써야 했는데 책은 바로 밀턴의 《실낙원》이었다. 여러 가지 질문에 헛소리를 잔뜩 써놓았다. 어떤 문제는 이해도 되지 않았다. '밀턴은 기독교 변증론자다. 이에 관해 논하라.' '밀턴의 언어는 오르간 음악과 같다. 이에 관해 논하라.' A4 용지에 개소리를 꽉꽉 채워넣었다. 그런데 이건 메건이 내 머릿속에 몰고 들어온 개똥 같은 일에 비하면 아무것도 아니었다.

메건은 벌써 몇 해째 음식만 먹으면 구토를 한다. 요즘은 설사약까지 복용하기 시작했다. 오늘도 마스 초코바 두 개를 걸신들린 듯이 먹더니 슬그머니 화장실로 갔다. 쫓아가서 보니 목구멍에 손가락을 넣고 토하고 있었다. 그럴 줄 알았지.

식사 시간에 나는 엄청 큰 구운 고기를, 메건은 샐러드를 먹었다. 식탁에 같이 앉았던 사람들이 다 간 후 나는 메건과 얘기를 나눴다. 메건은 "속이 꽉 차서 더부룩했어"라고 말했고 난 "쉬는 시간에 네가 구토로 속을 비워내는 걸 보고 깜짝 놀랐어"라고 대답했다. 그다음 우린 교실로 돌아갔는데 거기서 메건은 눈물을 쏟고 말았다. 난 메건에게 한바탕 설교를 늘어놓았다. 아, 아래층에서 엄마가 차 마시러 내려오라며 고함을 친다. 나중에 다시 써야겠다.

1월 26일 목요일

스탬퍼드 정신병동 대기실

🕐 밤 11시 10분

오늘 병원에 갔다. 원래 나를 담당하던 남자 의사가 자리에 없어 은근히 좋았다. 그 의사는 내가 다니는 학교의 학부형이기도 하다. 의사들이 아무리 환자의 비밀을 지키겠단 서약을 했다고 해도 집에 가서 식구들한테 나에 관해 떠벌리지 말라는 법은 없다. 난 남들이 내 자궁 나이가 중년 여성 정도 된다는 사실을 아는 게 싫다.

오늘 상담해준 여의사는 "넉 달 있다 다시 오세요"라고 말했다. 그런데 이 여자가 상담 시간을 엄수해준 덕분에 난 학교 수업을 땡땡이칠 수 없게 됐다. 이 얼마나 사려 깊지 못한 행동인가. 규칙적인 운동을 하면 도움이 될 거라는 말을 해주긴 했다. 학교 체육 시간에 운동하지 않느냐고? 물론 안 한다. 여름마다 라운더스 경기(영국에서 특히 학생들이 하는 야구 비슷한 경기―옮긴이)엔 참여를 하지만, 그 외에는 이런저런 변명거리 만들어 천식 환자들과 나란히 앉아 시간만 때울 뿐이다. 여의사는 내가 먹는 폰스탄은 생리통 진통제지 피임약이 아니란 사실을 일깨워주었고, 내 몸이 심하게 과체중이라며 체중을 줄이라는 조언을 했다.

왜 다들 열아홉 살이 안 된 여자는 죄다 미쳐 날뛰는 제 멋대로인 인간이라고 생각하는 걸까? 물론 그런 인간들이 많긴 하다. 그런데 어떤 행동을 하고 싶은데 전혀 할 수 없는 상황이면 속에서 얼마나 천불이 날까. 나도 부츠 약국에 가서 은밀히 콘돔과 임신검사기를 구입하고 임신검사기에 소변도 묻혀보고 싶은데 너무 뚱뚱해서 남자랑 자볼 기회조차 없으니 속이 터지겠다!!

스탬퍼드 병원 대기실에서

피를 뽑고

튜브를 묶는다

적십자 아줌마들이 도자기 컵에 따라준 차와

끝없이 꽂혀 있는 《더 피플스 프렌드》 잡지들

여의사는 나더러 뚱뚱하다고 말한다

나한테 고작 그딴 말이나 해주려고 대학에서 7년을 공부했구나

난소를 비교하는 여자들

내 난소도 남자 때문에 괴로워봤으면 좋겠지만

여기서 고작 초음파 스캔이나 당할 뿐

의사들이 물혹을 발견 못한 건 아닌지 확인해야 하니까.

메건의 머릿속은 늘 자신이 뚱뚱하단 생각뿐이다. 하지만 언젠가는 전혀 뚱뚱하지 않다는 사실을 깨우쳐줄 사람을 만날 거다. 지금도 메건이 보살핌을 잘 받고 있어서 다행이다. 그러나 내가 처한 상황은 너무도 끔찍하다. 나도 메건처럼 뚱뚱한 몸뚱어리가 나만의 착각이길 바라지만 입고 있는 대형 천막 같은 옷들, 거대한 럭비 티셔츠만 봐도 그게 아님을 너무도 쉽게 깨달을 수가 있다.

내일은 베서니와 영화관에 가기로 했다. 아까 담배 피우는 곳(베서니가 몰래 담배를 피우러 가는 곳)에서 베서니에게 속내를 다 쏟아냈다. 난 늘 혼자인데 다른 애들은 아무렇지 않게 남자친구를 사귀는 게 넌덜머리가 난다고, 이렇게 뚱뚱하게 사는 것도 지겹고, 남자들이 날 친구로만 보는 것도 지긋지긋하다고.

그러자 마치 수문이라도 연 것처럼 베서니의 타박이 시작되었다. "너 먹을 때 거울 본 적 있어? 꼭 돼지처럼 먹더라!" 그러고는 "남자들은 뚱뚱한 여자를 싫어해. 뚱뚱한 여자랑 같이 다니면 수준이 확 처지는 느낌이라 친구들한테 창피하거든"이라고 지껄였다. 좀 덜 먹고 하체 운동을 주로 하는 에어로빅 수업을 받아보라고도 권했다. 내 얼굴에 설움이 복받쳐 오르는 걸 봤는지 베서니는 위로의 말을 곁들였다. "진실을 얘기해주는 거야. 내가 거짓말로 발라맞추기나 하는 건 너도 바라지 않잖아?"

집에 돌아와 내 방에서 눈이 퉁퉁 붓도록 울었다. 어째서 사람들은 나한테 그런 잔인한 말을 해도 괜찮다고 생각할까? 도중에 샹트렐 빵집에 들러 신호등 모양의 케이크를 사왔다. '이걸 먹을 때 난 어떤 모습일까. 정말 돼지처럼 보일까'라는 생각이 머릿속을 떠나지 않았다. 그래서 주방에서 거울을 앞에 두고 케이크를 먹었다. 정말 그랬다. 세상에서 제일 뚱뚱한 돼지처럼 보였다. 엄마는 그런 나를 보더니 속이 얼마나 허하면 자기가 음식 먹는 모습이나 보고 앉았냐고 했다. 난 이유를 설명하지 않았다. 귀찮았다. 어차피 엄마는 내 기분을 좋게 해줄 어떤 말도 해주지 않을 거다. 나한테 위로의 말을 해줄 사람은 아무도 없다.

나와 베서니는 괴상한 관계다. 예전에 베서니는 수줍음을 많이 타서 친구가 없었다. 그래서 난 베서니에게 다가가 그 애의 유일한 친구가 되었다. 베서니의 아버지가 무슨 큰 회사의 회장이라는데 딸한테는 별로 관심을 주지 않는 것 같아 베서니가 가엾기도 했다.

하지만 지금은 전혀 아니다.

난 63401번 공중전화 박스로 내려가 모트에게 전화를 했다. 모트는 베서니가 돼먹지 않은 나쁜 년일 뿐이라고, 왜 걔를 계속 만나냐고 했다. 그리고 베서니가 코티지치즈를 먹으며 다이어트를 하는 전형적인 엄친딸이란 말도 덧붙였다. 난 모트가 좋다. 우리 집 근처에 살면 더 좋을 텐데. 하지만 내 인생이 늘 그렇듯…… 절친인 모트는 우리 집에서 사십오 분이나 떨어진 동네에서 산다. 모트는 자신만의 욕실도 있다. 난 혼자만 쓰는 수건이라도 있으면 좋겠다.

베서니의 말도 일리는 있다. 운동을 시작해야 한다. 내일은 레인보우 슈퍼 근처의 들판을 따라 걷기라도 해야겠다. 마음의 상처가 너무 깊어서 더는 못 쓰겠다. 이 상처를 잘 추스를 수 있다면, 물론 시간이 가면 그렇게 되겠지만, 내일쯤 일기를 더 써야겠다. 잠도 안 온다. 홀릭스(홀릭스 가루를 뜨거운 우유에 섞어 만든 음료―옮긴이)를 마시고 몰트 밀크 과자를 잔뜩 먹었는데도 전혀 잠이 올 기미가 안 보인다.

1월 28일 토요일

사과주 1파인트

운동하자!

베서니네 엄마에게서 에어로빅 레코드를 빌려왔다. 피터 파웰의 〈셰이프업 앤 댄스〉. 거지 같은 리메이크 노래로 채워졌지만 피터 파웰을 좋아하니까. 피터가 라디오1에서 방송할 때부터 좋아했다. 하지만 이 망할 에어로빅을 따라해보고 나니 그에 대한 애정이 흔들리는 듯. 이건 거의 사디스트적인 운동이다!!

피터는 캉캉 음악에 맞춰 '왼쪽으로 킥, 오른쪽으로 킥, 왼쪽으로 킥, 오른쪽으로 킥' 하고 외쳐대는데 아주 사람을 갖고 놀려는 건지 미친 듯이 빠르다. 거실에서 에어로빅을 하면서 엄마가 늘어놓은 조잡한 장식물들을 하나도 안 건드리는 건 도저히 불가능했다. '우연히' 도자기로 된 엄마의 짐마차 말 인형 하나를 쓰러뜨려놓는 정도로 끝난다면, 엄마한테 큰 선심을 베푸는 거다. 미친년처럼 위아래로 들뛰며 에어로빅을 하다가 결국 레코드가 튀게 만들고 말았다. 레코드는 치익 긁히면서 스크래치가 났다. 나중에 돌려드릴 때 베서니네 엄마가 알아채지 못하셔야 할 텐데.

피터 파웰 거 말고 룰루 거는 좀 더 차분한 분위기일 테니 나중에 그걸로 에어로빅을 다시 해봐야겠다. 그럴 만도 한 게 룰루는 이제 관절염을 앓을 나이가 됐으니 피터보다는 덜 날뛰겠지.

이따 저녁에 펍에 갈 거다. '볼츠'라는 간판이 붙은 펍이다. 오빠 방에 떨어져 있던 2파운드 동전을 주웠다. 사과주 1파인트는 사 마실 수 있을 것 같다. 몸집만 큰 열두 살짜리 꼬마처럼 보일 정도로 동안인지라 펍에서 나한테 사과주를 팔지 안 팔지 모르겠지만. 화장을 하면 그나마 나이 들어 보이기는 하는데 어릿광대 꼴이 나서 안 하는 게 나을 것 같기도 하다.

베서니를 좋아하는 이유

🕘 오전 9시쯤

운동해야지. 제기랄.

펍에서 술을 사마셨다!! 펍 주인이 내 나이를 두 번이나 물어보긴 했지만. 난 안전하게 사과주 반잔만 주문했다. 엄마가 알면 난리가 나겠지. 전에 결혼식에 갔다가 베이비 샴이란 샴페인을 한 잔 마신 적이 있는데 그때도 엄마는 기함을 했다.

펍에서 베서니 덕분에 남자들을 많이 만났다. 내가 베서니를 좋아하는 이유이기도 한데, 베서니는 믿을 수 없을 정도로 많은 남자들과 알고 지낸다. 어딜 가든 베서니 주변엔 남자들이 바글바글하다. 암소처럼 멍청한 애이긴 하지만 남자들을 만나려면 베서니를 통하는 게 최고다. 펍에서 나는 해리, 루크랑 거의 시간을 보냈다. 그 둘은 번갈아가며 날 자기네 남학교 애들에게 소개시켜줬다. 해리는 귀엽고 고급스러운 분위기이고 수줍음을 타는 성격이다. 내가 무슨 얘길 하든 거의 웃어주는 편이다. 나랑 있는 게 신경이 곤두서서 그러는 건지 아니면 정말로 재미있어서인지는 모르겠다. 루크는 쥐처럼 깡마른 체격이고, 재수 없게 빈정대는 말투를 쓴다. 나중에 루크는 베서니를 집에 바래다줬다. (그냥 친구로서 바래다준 거다. 루크는 여자친구가 따로 있다.) 그런데 아무도 날 바래다줄 생각은 안 해서 혼자 슬그머니 나왔다. 도중에 브로드 가(街)의 피시앤칩스 가게에 들러 감자튀김을 샀다. 추가로 좀 더 얹어달라는 부탁도 잊지 않았다. 뭐, 그래 봤자 튀김 찌꺼기를 좀 더 줄 뿐이긴 하지만. 지난주에 내가 운동한 양이 수년 동안 해온 것보다 많았으니 이 정도는 먹어도 될 거다.

거리엔 그룹 더 스미스의 〈여왕은 죽었다The Queen Is Dead〉 앨범 재킷을 프린트한 티셔츠를 입은 사람들로 가득했다. 다들 더 스미스의 공연을 보러 가는 것이다. 나도 가고 싶지만 엄마가 12파운드를 주지 않아서 못 간다. 이것만 봐도 엄마가 음악에는 일자무식이며 내 생각을 전혀 안 해준다는 걸 알 수가 있다. 난 지금까지 진짜 공연에 가본 적이 없다. 어휴! 어느 가수의 마지막 공연이니 가고 싶다고 해도 엄마는 허락해주지 않았다. 하워드 존스의 공연도 가보고 싶었는데 너무 어려서 안 된다고 했다. 라이브 에이드의 공연도 다음날 엄마가 남편을 만나러 비행기를 타고 모로코에 가는데 나도 같이 가야 한다고 해서 놓치고 말았다. 엄마는 요즘도 이렇게 말한다. "그래도 덕분에 비행기에서 발레 무용가 웨인 슬립을 만났잖아. 그날 웨인 슬립은 우리한테 '정말 멋진 날이에요'라고 말했어." 웨인 슬립을 만났으니, 공연 역사상 가장 긴 줄을 설 기회를 놓쳤어도 속 쓰려 할 것 없다는 듯이.

내일 학교에 가면 다들 공연장에서 썼던 꽃을 들고 와, 더 스미스의 공연이 펼쳐진 멋진 밤 얘길 할 거다. 난 거기 끼지 못하고 구석에 짱 박혀 있어야겠지.

1월 30일 월요일
일기장을 숨겨야 해!

하하! 이렇게 기분 좋을 수가!!! 끝내준다. 어젯밤에 나를 빼고 모두들 더 스미스 공연을 보러 갔었다. 12파운드씩 내고. 그래, 스미스가 연주를 하긴 했단다. 그런데 '더 스미스'가 아니라 포크와 컨트리 음악을 하는 밴드인 '더 패밀리 스미스'였단다!!! 나는 데이지한테 다들 언제쯤 더 스미스가 아니란 걸 알게 됐냐고 물었다. 데이지 말로는 연주하러 나온 사람들이 스틸리 스팬의 〈내 모자 주위에 All Around My Hat〉를 부르기 시작한 때쯤이라고 했다. 더 스미스의 공연이라면 서포트 밴드

(메인 밴드의 출연 전에 분위기를 고조시키는 역할을 하는 밴드—옮긴이)로 나온 이들이라도 절대 그 노래를 부를 리 없었다. 그러다가 누군가 공연 이름을 정확히 보게 되면서 하나둘씩 알아차리게 된 것이다. 더 패밀리 스미스는 "오늘밤 여기서 많은 젊은이들을 만나서 너무나 기쁩니다!"라고 외치면서, 당황한 청중들의 상처에 소금을 뿌렸다. 그 공연에 안 간 게 얼마나 다행인지. 하마터면 폭동이 날 뻔했단다. 그럴 만도 하지. 우리는 포크 음악을 좋아하는 것들은 버섯이나 먹고 헛간에서 살면서 잘 씻지도 않는다고 생각했으니까. 그런데 포크 음악이나 듣자고 모였다니. 악취가 코를 찔렀겠지!

오늘 학교에 일기장을 가져갔다가 낭패를 봤다. 베서니가 휴게실에서 내가 일기장을 가져왔단 사실을 다른 애들에게 떠벌렸고, 내 폴더에서 일기장을 빼내 네트볼하듯 애들한테 이리 던지고 저리 던지기까지 했다. 한참만에야 간신히 일기장을 되찾았다. 그런 짓을 해놓고 베서니는 "일기장에 별로 대단한 내용도 없으면서…… 네가 뭘 한 게 있다고…… 좋아하는 사람 얘기라도 써봤어, 레이?"라고 했다. 다들 이 말에 오줌을 지릴 정도로 웃어댔다. 멍청이들. 그래, 내 삶이 그들에 비해 지루한 것도 사실이고 남자친구 하나 없는 것도 맞다. 베서니는 둘만 있을 땐 상냥한데 다른 사람들이 끼면 항상 날 조롱한다. 필요할 때 웃음거리로 삼기 위해 데리고 다니는 것 같기도 하다.

　이런 상황이 지긋지긋하다.

　일기장을 어디다 숨겨놓아야 할까. 집도 학교 사물함도 안전지대가 아니다. 일기장에 적힌 엿 같은 내용을 누가 보기라도 하면 난 창피해서 죽고 말 거다. 침대 매트리스 밑에 숨겨놓고 안전하기만을 바라야지. 엄마가 다스리는 이 파쇼 국가에서 내 사생활은 전혀 존중 받지 못한다. 엄마는 내가 목욕하고 있을 때도 불쑥 들어와서 제대로 깨끗이 씻었냐고 묻는다. 특히 내 '비밀스러운 곳'을 잘 씻으라고 하는데 그 말을 꼭 은밀하게 속삭인다. 비밀스러운 곳이란 성기를 말하는 거다. 돌려 말하지 말고 그냥 대놓고 말하라고요!! 엄마는 생리대도 생리대라고 부르지 못하고 '토깽이'라고 돌려서 말한다!! 이 집은 1950년대인 걸까.

　오늘은 운동을 하지 않았다. 비디오로 영화 《에일리언》을 봤는데 오금이 저리게 무서웠다. 에일리언 괴물이 튀어나올까 봐 밤에 산책하려도 못 나가겠다.

유지비 적게 드는 딸

🕐 느지막이

나는 이제 열일곱 살이다. 어느 정도 독립성을 가질 나이인 만큼 그걸 주장해야만 한다. 학교에서 돌아오는 길에 월코스에 들러 49펜스를 주고 접착식 자물쇠를 샀다. 뒷면에 큼직하게 스티커가 붙어 있어서 문에 드릴로 구멍을 뚫지 않고도 설치가 가능하다. 엄마가 집에 오기 전에 내 방문에다 달았다. 그러고 나서 로치포드 최고의 노래로 꼽히는 〈꼭 껴안아주고 싶은 장난감Cuddly Toy〉을 가장 크게 틀어놓아 엄마가 집에 들어오는 소리를 듣지 못했다. 덜커덕대는 소리에 고개를 돌려보니 엄마가 내 방에 들어오려고 문을 거칠게 잡아당기고 있었다. 하!!! 자물쇠가 막고 있었다. 엄마는 분통을 터뜨리며 강제로 문을 당겨 결국 자물쇠를 뜯어놓고야 말았다. 그리고 늘 하던 잔소리를 퍼부었다. "전에는 착하던 애가…… 여길 호텔 방처럼 쓰고 싶으면 객실 요금을 내든지 해…… 네가 이 집에서 누구라고 생각하는 거니……?" 마지막에는 "네가 끼적여놓은 사춘기의 헛소리 따위 난 읽고 싶지도 않아"라고 했다. "아, 그러니까 내가 일기를 쓴다는 걸 알고 있었던 거네요!" 내가 소리치자 엄마는 성질을 내며 방을 나가서 케니볼 재즈밴드의

곡을 틀어놓았다. 어떤 애들은 개인 옷방도 있고 용돈 외에 따로 옷값도 받고 방에 비디오플레이어도 있다는데 난 그저 약간의 프라이버시만 원할 뿐이다. 엄마는 날 딸로 둬서 운 좋은 줄 알아야 한다. 나만큼 유지비가 안 드는 자식이 또 어디 있을까. 난 엄마한테 스키 여행을 보내달라고 조른 적도, 학교 여자애들 중 무려 절반이 쓰는 넘버세븐 브랜드의 립스틱과 아이라이너를 사달라고 한 적도, 파마를 한 적도 없다.

2월

February 》

2월 1일 수요일

오! 해리

🕐 밤 11시 9분

펍에 갔다가 방금 집에 왔다. 펍에서 다이어트 콜라 한 잔만 마셨고 감자튀김엔 손도 대지 않았다!! 이런 내가 자랑스럽다. 하지만 배가 불러서란 오해는 하지 말길. 지금 굶어죽을 지경이거든. 오늘은 기숙사 학생들이 펍에 왔다. 해리는 갈색 코르덴 재킷과 청바지를 입었는데 유행에 뒤처진 70년대 구린 패션이지만 그가 입으니 무지하게 멋져 보였다. 우린 이런저런 잡담과 학교, 에이레벨에 대한 얘길 나눴다. 해리는 나랑 같은 과목을 공부하고 있다. 그는 날 재미있는 친구 정도로 생각하는 것 같다. 살을 뺄 때까지 그 정도 관심밖엔 못 받겠지. 일단 해리가 날 사랑하게 만들고 나면 그의 관심을 온통 차지할 거다. 해리가 음료수를 사줬다. 주머니에 40펜스밖에 없어서 콜라 한 잔밖에 못 사마실 형편이었는데 다행이었다. 음료수 한 잔 시켜놓고 밤늦게까지 앉아 있으면 지지리 궁상이었을 거다. 해리랑 잘될 거란 기대는 안 한다. 그냥 조금이라도 날 좋아해줬으면 좋겠다. 내 기분이 어떤지 잘 모르겠다. 해리는 내 타입이 아니지만 그래도…… 그래, 내 기분이 어떤지 확실하게 알겠다. 난 그를 갖고 싶다.

뚱뚱해서 좋은 점

우린 피시앤칩스 가게에 들러 요기를 하고 마켓에 갔다. 내가 지켜보는 동안 베서니는 10사이즈(55반에서 66 정도─옮긴이), 12사이즈(66반 정도─옮긴이), 10사이즈 옷을 차례로 집었다 놨다 했다. 14사이즈 이상으로 나온 옷이 없으니 난 구경할 필요도 없었다. 베서니는 우는소릴 해댔다. "나 너무 뚱뚱한 거 같아. 미치겠어." 그러고는 있지도 않은 뱃살과 턱살을 잡아 뜯는 시늉을 했다. 늘 그렇듯 베서니를 달래줘야 했다. 얼마나 날씬한데 그런 소릴 하냐고 말이다. 결국 베서니는 독일의 상징 같은 게 그려진, 몸에 딱 붙는 상의와 10사이즈 청바지를 사는 것으로 쇼핑을 끝냈다. 학교에서 친구들이 베서니에게 그런 스타일의 옷을 입고 시내에 나가면 정말 멋져 보일 거라고 떠들어댔던 게 기억난다.

오늘도 난 운동을 하지 않았다. 운동을 한다고 당장 내 몸이 날씬해지는 것도 아니고 바로 남자친구가 생기는 것도 아니다. 일단은 피자에 얼굴을 묻자. 운동은 월요일부터 시작이다. 이번엔 진심이다.

오늘은 펍에 가지 않았다. 내가 가지 않아도 아무도 신경 쓰지 않을 거다. 베서니는 10사이즈 옷을 입고 갈대처럼 날씬한 몸매를 자랑할 테고 해리를 비롯한 남자들은 전부 베서니의 엉덩이에서 시선을 떼지 못하겠지.

그래도 밝은 면을 보자. 이렇게 몸집이 커서 좋은 점도 있다. 짧은 주름치마나 먼지버섯처럼 괴상하게 생긴 퍼프볼 치마를 입고 찍은 사진이 없다는 것. 일단 그런 치마엔 내 몸이 들어가질 않으니, 나중에 괴상한 패션을 한 내 모습을 사진으로 보면서 창피해할 일도 없을 것이다. 더듬이처럼 생긴 머리띠를 하고 그롤시 맥주 병뚜껑을 신발에 붙이고 찍은 우스꽝스런 사진은 있지만 말이다.

2월 4일 토요일

인생 최악의 날

🕐 밤 11시 37분

이미 망할 대로 망한 내 인생에 오랜만에 최악의 날이 찾아왔다.

새로 생긴 스템퍼드 수영장에 놀러가기로 해서, 엄마가 울리스에서 사준 새 수영복을 챙겨 갔다. 흰색과 빨간색 줄무늬 수영복. 풀에 들어가자 몇 놈이 날더러 돼지니 어쩌니 지껄였지만 늘 있는 일이라 무시하고 넘겼다. 베서니가 "저기 꾸불

꾸불한 노란 미끄럼 타자"고 해서 함께 갔다. 시작은 좋았는데 내려오다가 미끄럼틀 중간에 그만 몸이 끼어버렸다. 다들 숨 넘어가게 웃어댔고 그중 한 놈이 말했다. "어지간히 뚱뚱해야 지." 힘들게 미끄럼틀에서 빠져나오자 박수가 쏟아졌다. 물속으로 첨벙 들어간 후에야 수영복이 찢어져 맨살이 드러났음을 알게 됐다. 집으로 돌아와 저녁 6시쯤 침대에 뻗었다. 그때부터 지금까지 쭉 이러고 있다. 이 인생도, 수영도 끔찍하다.

2월 6일 월요일

고맙다, 플로렌스 헌터

🕙 밤 10시 1분

충분히 예상했던 바다.

역시 베서니는 기대를 저버리지 않고 제6과정 하급학년 애들, 즉 우리 동기들에게 토요일에 수영장에서 있었던 일을 떠벌렸다. 그년은 내가 화를 내지 못하게끔 "아, 토요일에 레이한테 일어난 일은 정말 끔찍했지 뭐야"라고 나를 동정하는 척 교묘하게 말을 퍼뜨렸다. 그래 봤자 속이 훤히 들여다보인다, 이 나쁜 년아. 그 재미난 얘기 덕에 베서니는 오 분 정도 모두의 관심을 한 몸에 받았다. 애들은 날 동정하면서도 자세한 얘길 듣고 싶어 했다. 누구나 충격과 공포 그 자체인 얘길 들었을 때 안타까워하는 척하면서도 속으로는 그 안의 재미난 요소들을 더 자세히 듣고 싶어 하게 마련이다. 베서니가 그런 요소를 입에 담자 한 명이 "어지간히 뚱뚱해야지"라고 말했다. 그리고 모두가 "세상에"라고 탄식했지만 그들 중 99퍼센트는 분명히 '불쌍한 뚱녀. 그런 봉변을 당한 게 내가 아니라 천만다행이야'라는 생각을 했을 것이다.

내 수영장 사건이 그날 최고의 가십거리가 될 뻔했지만 다행히 더 큰 사건이 있어 뒷전으로 밀려났다. 토요일 밤 펍을 나선 후, 플로렌스 헌터가 남자친구 때문에 본의 아니게 봉변을 당한 것이다. 남자친구가 테스코 주차장에서 플로렌스에게 오럴을 하게 했다는 것. 그 얘길 하면서 플로렌스는 3번 학습실에서 울음을 터뜨렸다. 경찰관이 지나가다가 본 것 같아 걱정이라는 게 그 이유였다. 다들 공공장소에서 그런 행동을 하는 것이 불법인지 아닌지 궁금해했다. 그러자 휴게실에 있던 어떤 바보가 "그런 걸 규제하는 법이 있단 소린 못 들어봤어"라고 지껄였다. 나랑 모트는 배꼽을 잡고 웃었다. 당연히 불법이지! 아니면 영국의 주차장마다 그런 짓 하는 남자들로 넘쳐날걸.

모트가 스페인 군주 페르디난드와 이사벨라에 관한 에세이 숙제를 베끼게 해줬다. 덕분에 살았다. 어젯밤에 난 도저히 숙제를 할 정신이 아니었다. 어제 같은 상황에서 수백 년 전에 살았던 스페인년에 대한 똥 같은 소릴 써내려갔다간 난 속이 터져 죽고 말았을 것이다.

2월 7일 화요일

도서관 할망구들

🕐 아주 늦은 시각(그리고 텔레비전에서 진짜 엿 같은 방송이 나오고 있었음)

네가 뚱녀라면, 그것도 야한 걸 좋아하는 뚱녀라면, 늘 남들에게 떠밀려 원치 않는 일을 할 수밖에 없다.

플로렌스 헌터가 겪은 일을 두고, 다들 공공장소에서 해도 되는 행동과 하면 안 되는 행동을 놓고 신나게 웃으며 떠들어댔다. 그런데 우리 학교에 비치된 섹스에 관한 책은 중학생용 참고도서인 《난 어디에서 왔을까?》가 유일해서 다들 내게 말했다. "집에 가는 길에 스탬퍼드 도서관에 잠깐 들러서 이런 일에 대한 법률을 다룬 책이 있는지 한 번 찾아봐." 오해 말길. 나 역시 그 사건을 듣고 자지러지게 웃었다. 하지만 막상 나더러 그런 책을 빌려오라고 하니 전혀 재미나지 않았다. 도서관 카운터 뒤에서 사서로 일하는 수다스런 할머니들에게 "공공장소에서의 섹스에 관한 책을 찾고 있는데요"란 말을 어떻게 꺼낸단 말인가. 이 동네에서 그런 말을 했다간 곧장 엄마 귀에 들어가고 만다. 내가 하는 말과 행동 하나하나를 현미경으로 세세하게 분석해서 엄마에게 일러바치는 동네다. 결국 방과 후에 도서관에 간 나는 참고자료 주변에서 한참을 어슬렁거렸다. 둘러보니 《도싯 시 업종별 전화번호부》 같은 자료들뿐이었다. 문득 나한테 실질적으로 도움이 될 책을 찾아보자는 생각이 들었다.

줄리아 그라이스의 《여성을 섹시하게 만들어주는 것》이란 책을 찾았다. 미니스커트에 스타킹을 신은 여자가 표지에 박혀 있다. 이런 여자가 되면 남자들이 환장하겠지. 그 정도는 나도 안다! 잠시 후 《오르가슴: 여자의 몸이 성적으로 성숙해지는 걸 돕는 책》이 내 눈에 들어왔다. 자신의 몸을 사랑하는 방법에 관한 내용인 듯했다. 앞표지에 커다란 꽃 한 송이가 박혀 있어서 눈에 확 띌 것 같아 다른 문고판 책 두 권 사이에 샌드위치처럼 끼워 넣고 대출 카운터로 갔다. 그런데 사서가 굳이 그 책을 끄집어내 동료에게 보여주며 말했다. "어머, 이 책 좀 봐, 진." 둘은 눈가에 자글자글한 주름을 잡아가며 애들처럼 킥킥거렸다. 나 자신이 애처로웠다. 이런 할망구들도 오르가슴을 아는데.

도서관을 나서자 늘 있던 세 가지 일이 일어났다. 첫째, 얼굴에 여드름이 창궐한데다 스스로 강한 놈이라고 착각하는 열네 살짜리 꼬마들이 도서관 계단에서 어슬렁대다가 날 보자마자 "투실투실한 암소"니 "지방 덩어리"니 "뚱보"니 하는 말들을 구호처럼 외쳐대는 것. 나는 그들을 피해 왼쪽으로 방향을 틀었다. 그런데 거기서 문구점으로 들어가는 해리를 보았다. 오르가슴에 관한 책을 손에 든 내 모습을 들킬까 봐 잽싸게 오른쪽으로 다시 방향을 돌렸다. 꼬마들은 내가 시야에서 사라질 때까지 "뚱보, 뚱보, 뚱뚱보"를 계속 외쳐댔다. 건강을 생각해 사과라도 사먹으려고 페이시앤캔햄 과일가게에 들렀다. 그런데 거기 주인 아줌마가 나더러 뭐라고 했는지 알아? "아유, 넌 네 엄마랑 똑같구나, 레이첼. 살집이 좋은 게."

이 빌어먹을 엿 같은 동네.

내가 몸무게를 주체 못한다는 건 나도 잘 안다. 이런 내가 좋지도, 자랑스럽지도 않다. 하지만 늘 웃고 무심히 넘기는 것 같으니까 사람들은 뚱뚱하다느니 살집이 좋다느니 하는 말들을 아무렇지 않게 뱉어낸다. 신문판매점 아저씨는 볼 때마다 "스탬퍼드의 살아 있는 오뚝이 인형이 납셨네. 그래, 넌 이리저리 흔들리긴 해도 쓰러지진 않지!"라고 지껄인다. 그러고는 자기가 세상에서 제일 웃기는 남자인 줄 착각하는 거다.

이런 내가 싫다. 이대로 앉아 펑펑 울면서 성냥으로 내 몸에 불을 붙여 태워버리고 싶다. 스스로가 너무도 싫다. 이 동네는 늘 희생자를 필요로 한다. 만만하게 괴롭힐 대상. 오늘은 그

희생자가 바로 나였다. 이런 현실이 싫다. 내가 싫다.

학교에서 점심으로 킹립스테이크가 나왔다. 급식 담당 '베라' 아주머니는 내 접시에 특별히 한 장 더 얹어주었다. 달콤하고 새콤한 소스를 뿌린 기름 많은 돼지고기일 뿐이지만 입에 넣으니 천국에 온 기분이 들게 했다.

2월 9일 목요일

《오르가슴》이 어때서?

🕛 밤 11시 40분

우리 엄마가 왜 암소처럼 멍청한 사람인지 오늘 일을 보면 알 수가 있다. 난 방에다《오르가슴: 여자의 몸이 성적으로 성숙해지는 걸 돕는 책》을 두고 아래층으로 내려왔다. 그래서 뭐가 어쨌다는 거냐고? 그 책을 소지한 게 불법은 아니다. 하지만 엄마는 불길하게 휘유— 하고 휘파람을 불면서 내 앞에서 그 책 얘길 꺼냈다. 그것도 내가 드라마 〈이스트엔더스〉를 한창 보고 있는 와중에 말이다.

엄마   네 방에 있는 그 책 뭐니?
나   무슨 책이요?

엄마   섹스에 대한 책.

나   그건 《오르가슴: 여자의 몸이 성적으로 성숙해지는 걸
       돕는 책》이에요. 섹스에 관한 책이 아니라 자기계발서
       적이에요.

(한참 정적이 흐르고)

엄마   《걸리버 여행기》는 다 읽었니?

나   아뇨.

엄마   좋아, 레이첼. 나처럼 장래성이라곤 손톱만큼도 없는
       일을 하면서 살고 싶으면 계속 그래라.

나   그런 얘기 지긋지긋하거든요. 내 방으로 올라갈게요.

엄마는 늘 그렇다. 외롭다는 게 뭔지 모르는 사람. 엄마는
두 번이나 결혼했다. 난 제대로 된 여자로 성장하는 것에 약간
관심을 가졌을 뿐인데 엄마는 못 참아 한다. 신물 난다. 난 살
아 숨 쉬는 레이, 애정을 필요로 하는 인간이다. 하지만 엄마는
자긴 포옹을 좋아하는 타입이 아니라면서 날 안아주지도 않는
다. 엄마는 구색을 갖추기 위해 남편, 친구들, 나를 옆에 두고
살 뿐이다. 맙소사, 난 정상적으로 살고 싶다. 정상적인 가족을
원한다. 과산화수소로 머리를 탈색해 금발로 만든 엄마나 육
개월에 한 번 낯짝을 들이미는 아빠가 아니라!!!
    한 가지 더. 오늘도 난 체육 시간에 농땡이를 쳤다. 중년

47

의 뚱뚱한 체육 선생님이 더는 나한테 이래라 저래라 하지 않는 덕분이다.

내일은 금요일, 해리를 만날지도 모른다.

어쩐지 기분이 별로다.

베서니는 모두에게 꼬리를 친다

🕐 오후 3시 56분

오늘도 지루한 토요일이었다. 할 일도 없었고 꼼짝하기도 싫었다. 망할 그랜드스탠드 경마장에서 또 시끄러운 소음이 들려온다. 학교 친구들 중에 농장이나 저택에 사는 애들이 있는데 걔들은 아침마다 집을 나서면서 멋진 잔디와 꽃을 본다. 하지만 난 창턱에 걸터앉으면 에든버러 도로와 월요일에 청소부가 가져가라고 집 앞에 놓아둔 쓰레기봉지들, 입에 싸구려 담배를 꼬나물고 빨래를 널고 있는 바크 부인을 본다. 우울하기 짝이 없는 풍경이다. 우리 집 고양이 화이트와 함께 여기 앉아 소망해본다. 어딘가로 멀리 둥실둥실 떠갈 수 있기를. 이 집에서 내 방만 딱 떼어내서 다른 곳으로 갈 수 있기를. 화이트의 눈을 들여다보니 나랑 같은 생각을 하고 있는 것 같다.

하도 지루해서 레이디버드 출판사의 오래된 책들을 쌓아 화이트를 위한 장애물 뛰어넘기 코스를 만들었다. 하지만 화이트는 관심도 보이지 않았다. 그저 하품만 꼬약꼬약 하면서 사료 냄새만 풍겨댔다. 결국 쌓아놓은 장애물들을 도로 흩어놓고 이렇게 심심하게 침대에 누워 있다.

오늘 상당히 많이 먹었다. 플로라 소스와 마마이트 소스를 뿌린 토스트 여덟 장. 아침식사로 먹은 게 그 정도니 말 다 했지.

밤에는 베서니랑 펍에 가기로 했다. 이따가 밤늦게 일기를 마저 써야겠다.

🕐 밤 12시 1분

더 길게 쓸 얘긴 없다. 펍에서 베서니는 모두에게 꼬리를 쳤다. 난 나 자신을 비하하는 개그를 쳤고, 베서니 또한 나를 비하하는 개그를 쳤다. 해리가 낄낄거렸다. 이모젠은 왈칵 성질을 내면서 펍에서 나가버렸다.

집으로 돌아와 케밥을 먹었다. 화이트가 코를 킁킁대며 냄새를 맡아서 한 조각 던져줬더니 칠리소스 냄새에 기겁을 하며 물러났다.

2월 12일 일요일

모트의 조언

🕓 오후 4시 5분

62929번 공중전화 박스에서 모트랑 한 시간 정도 통화를 했다. 내 수중에 10펜스밖에 안 남자 잠시 끊었고 이번에는 모트가 전화를 걸어주었다. 모트는 베서니가 남자들의 관심을 끌어모으려고 나를 이용하는 것 같다고, 날 만만하고 자기한테 위협이 안 되는 애로 여기는 것 같다고 했다. 그 말을 들으니 어젯밤 일이 단박에 이해가 되었다. 볼츠 펍에서 베서니는 남자들이 가까이 올 때마다 목소리가 교태스럽게 바뀌었고 제 머리카락을 뒤로 쓸어 넘기며 싸구려 애교를 떨어댔다. 내가 보기엔 한심한 짓거리였는데 남자들한텐 잘 먹히는 모양이었다. 나중에 보니 노천 테이블에서 어떤 놈 하나가 베서니의 얼굴을 혀로 핥고 있었으니까.

다음에 베서니랑 '홀인더월'이란 펍에 가기로 했다. 같이 다닐 애라곤 베서니뿐이니 달리 선택의 여지가 없다. 사실 우리끼리 있을 때 베서니는 나한테 무척 잘해준다. 어젯밤 펍에 가기 전 베서니는 자기도 예전엔 나처럼 뚱뚱했기 때문에 지금 내 심정을 잘 안다고 말했다. 기숙학교에 다니던 꼬맹이 때 뚱보란 이유로 지독하게 괴롭힘을 당했다고 했다. 변기에 머리를 처박히기까지 했다는데, 전에 드라마 〈그렌지힐〉에서 그런 장면을 본 적이 있어서 나는 속에서 열불이 확 올라왔다. 다른 사람들도 나처럼 괴로운 일을 겪었고 그로 인해 삶에 큰 영향을 받기도 한다는 걸 잊지 말아야지.

2월 13일 월요일

내 일기의 등장인물들

너한테는 늘 솔직하고 싶구나, 일기야. 그런 의미에서 털어놓겠다. 내가 해리에게 생일 축하카드를 만들어준 건 밸런타인데이에 나도 카드를 받고 싶어서였다. 내일 아무것도 못 받으면 엄청나게 열 받을 것 같다.

집에 전화 좀 설치하자고 엄마에게 애걸복걸을 했다. 63401번 공중전화 박스에서 통화를 하다가 뒷사람한테 얻어맞을 뻔한 게 올해에만 오십 번은 족히 되기 때문이다. 통화를 시작하고 오 분만 지나도, 뒤에서 쯧쯧 혀를 차며 못마땅해하는 소리가 들린다. 오늘도 그랬다. 모트랑 수다를 떨고 있는데 뒤에서 어떤 여자가 갈궜다. "오래 걸려?" "아뇨." 그러자 여자가 말했다. "네가 하도 뚱뚱해서 밖으로 나올 수나 있을지 모르겠다만, 어쨌든 다른 사람도 그 전화 좀 쓰자." 열 받았지만 나보다 더 성격이 더러워 보여서 군말 없이 62929번 공중전화 박스로 자리를 옮겼다. 거긴 좀 더 여유로운 사람들이 사는 지역이라 휴대폰을 쓰는 이들도 다른 데보다 많았다. 가는 길에 작은 가게에 들러 킷캣 초콜릿도 사먹을 수 있고. 하지만 마음에 안 드는 점도 있었다. 공중전화 박스 상태가 거의 늘 좋지가 않고 소변 지린내까지 풍긴다는 점이다. 그래도 프라이버시는 보장받을 수 있으니 그걸로 됐다. 나랑 모트는 별명을 만들어 쓰기로 했다. 지금부터 우리 인생에 등장하는 새로운 인물들을 별명으로 부르기로 한 것이다. 그래야 아무 데서나 편하게 얘길 해도 남들은 누구 얘길 하는지 모를 테니까. 어젯밤에 만난 사람들에게 붙일 별명들을 쭉 뽑아서 읊어줬더니 모트가 그중에서 괜찮은 걸 골랐다. 처음엔 피시앤칩스 가게에서 파는 음식 이름을 선택했다. 이제부터 우린 남들이 암만 엿들어도 알 수 없도록 이 별명을 써서 얘기할 것이다.

튀긴 소시지

진짜 웃기는 놈. 전갈자리. 우리 집에서 가까운 상류층 동네에 산다! 도련님 같은 분위기를 풍기긴 하지만 어제 이 녀석이랑 꽤 많이 웃었다. 이놈은 내 별명을 '거대 인간'으로 지었는데 놀리려는 게 아니라 애정 어린 별명인 것 같다. '클래런스'라고 이름 붙인 포드 코티나 자동차를 몰고 다닌다.

핀

얘는 별명 예외다. 튀긴 소시지의 절친. 잘난 럭비선수. 하지만 한쪽 눈썹을 위로 치뜨며 비열하고 우울한 인상을 풍기는, 만년 벤치만 지키는 후보 선수다. 자기 자신을 끔찍이도 사랑하는 남자. 난 멋진 놈이니까 말은 별로 안 해도 돼, 라고 생각하는 왕자병 말기. 하도 무식해서 남학교의 멍청이로 통함.

무화과(모트가 과일 이름을 붙이자고 했음)

튀긴 소시지의 또 다른 절친. 텔레비전 시리즈에 나오는 스칼렛 선장 같은 외모. 다정다감한 놈. 펭귄 같은 걸음걸이. 텔레비전 쇼 진행자 브루스 포사이스 흉내를 기막히게 잘 낸다.

둔탱이

무화과의 여친. 귀엽게 생긴 애인데 밤새 나를 붙잡고 온갖 고약한 소릴 해댄다. 평소 하도 멍청하고 둔하게 굴어서 이미 아이들 사이에서 둔탱이로 통하고 있다.

이미 앞에 등장한 사람들한테는 굳이 별명을 따로 지어 붙이지 않았다.

엄마가 집에 전화를 설치해주면 좋겠다. 오는 전화만이

라도 받을 수 있게 해주면 얼마나 좋을까. 남편이 해외에 나가 일하고 있으니 남편하고 통화하고 싶어서 엄마도 집에 전화를 놓고 싶어 할 거라 생각한다면 착각이다. 엄마는 집에 전화를 놓으면 내 친구들이 시도 때도 없이 전화할 거라고 여긴다. 엄마 때문에 내 인생이 더 쓰레기처럼 느껴진다. 차가운 공중전화 박스 바닥에 앉아 통화를 하느라 내 몸에 살이 더 붙는지도 모르는데 만약 그렇다면 다 엄마 탓이다.

젠장. 오늘은 일기를 꽤 많이 쓴 것 같네.

2월 14일 화요일

밸런타인데이

엄마는 초콜릿을 세 개나 받았다.

학교에서도 다들 한 개 정도는 받았다.

어떤 암소 같은 년은 꽃까지 받았다.

걜 암소 같은 년이라고 부른 게 미안하긴 하다. 사실 꽤 좋은 애다. 난 너무 질투가 나서 울음이 터질 것 같다.

당연하게도 난 초콜릿을 받지 못했다. 집으로 돌아오는 내내 기대를 아주 접지는 않았지만 역시나였다. 단 한 개도 못 받았다. 밸런타인데이가 싫다. 이날은 꼭 뒤틀린 거울처럼 내 몸뚱이를 더 뚱뚱하게 느껴지게 만든다.

아무렇지 않게 웃으며 집에 왔지만 방으로 들어와 문을 닫자마자 얼굴에서 웃음이 걷혔다. 그 후로 쭉 이렇게 방에 처박혀 있다. 정신병동에 다시 갇히고 싶지 않으면 멀쩡하게 굴어야 한다. 정신병동에 있으면 갈색 벽과 조각그림 맞추기, 남편이 자길 버리고 떠났다며 우는 여자들, 벽에 머리를 박아대는 남자들, 그리고 만사가 다 잘 풀릴 거라며 작은 트라이플 케이크와 《스매시 히츠》 잡지 한 부를 들고 찾아오는 엄마가 내 숨통을 조인다. 다시는 그리로 돌아가지 않을 거다. 절대로. 정신병동에서의 친구들 대다수는…… 아, 거기서 무슨 일이 일어나는지 내 입으로 말할 수 없다…… 글로 쓸 수도 없다…… 생각할 수조차 없다. 이 일기장에 털어놓을 수도 없다.

오늘은 라디오에서도 소음만 흘러나온다. '위즈비치에서 바보 같은 실수를 저질렀지─ 그대를 사랑해─ 영원히─ 나를 따스하게 안아줘' 같은 정신 나간 사랑 타령뿐이다. 도대체 왜들 이러는 거야? 온종일 바브라 스트라이샌드의 〈에버그린 Evergreen〉 같은 빌어먹을 사랑 노래만 틀어대면 어쩌라는 거냐고? 제발 그만 좀 해. 현실적인 노랠 틀어달라고. 망할 디제이야!!!

2월 17일 금요일

뚱뚱한 레이는 이제 그만!

🕐 오라지게 늦은 시간

소위 내 친구란 것들은 잘난 체에 이골이 난 얼간이들이다. 오늘 우린 졸업하고 어떤 사람으로 기억되고 싶은지 얘길 나눴다. 그들이 나에 대해 뭐라고 말했는지 알아? '레이는 웃긴 애다…… 성격 하난 끝내준다…….' 이게 무슨 뜻인지 모르면 병신이지!

모두에게 웃음을 주는 존재로 사는 게 지겹다. 코미디언으로서의 레이는 파업에 돌입하겠다. 더 이상 뚱뚱하고 웃긴 레이는 없다. 뚱뚱한 레이는 이제 그만. 날씬하고 치명적인 매력을 가진 레이로 거듭나야 한다.

거품처럼 명랑 쾌활한 소녀

만약 네가 거품처럼 동그란 몸뚱어리를 가졌다면
거품처럼 명랑 쾌활하게 굴면서
모두를 즐겁게 해줘야 한다.
재미난 농담을 하고 큰소리로 떠들 때만큼은
사람들이 네 뱃살에 신경을 끄니까.

하지만 이제 농담과 웃음은 때려치우고

나만의 굴속으로 칩거하련다

부드럽고 유연한 몸이 되어

지금은 너희 것인 남자들 마음을 죄다 훔쳐버릴 테다!

엄마가 나 신으라고 신발 한 켤레를 사왔다. 그렇게 구려 빠진 신발은 처음 봤다. 선플레어즈라는 브랜드의 캔버스였는 데(저기요??? 아직 2월밖에 안 됐는데 캔버스라뇨!!!), 예쁜 초록색 도 아니고 70년대 벽지에나 썼을 법한 칙칙한 색이었다. 가수 보니 엠이 기분 더러운 날 신었을 것 같은 그런 신발. 엄마는 '값싸고 편하게 신고 돌아다니기 좋은 신발'이라고 했는데, 나한테 뭘 사줄 때마다 늘 하던 소리다. 내가 아직도 일곱 살 어린앤 줄 아나 보다.

2월 18일 토요일
똥 밟은 날

🕐 저녁 7시 1분

선플레어즈 캔버스에 재앙이 닥치고 말았다. 하지만 일부러 그런 게 아니었다는 내 말을 엄마는 믿지 않았다. 길을 건

다 골프장 옆을 지나가면서 개똥을 밟고 말았는데 그건 순전히 사고였다. 천으로 된 신발이었기 때문에 난 어쩔 수 없이 캔버스를 길옆에 벗어두고 맨발로 아이언망거 가(街)의 신발 가게로 들어가 플립플롭 샌들을 사 신었다. 집에 돌아오자 엄마가 물었다. "신발은 어쩌고?" 개똥을 밟았다고 말했지만 엄마는 믿지 않았다. "그럼 직접 가서 확인해보시든가요. 골프장 맞은편 배수로 옆에 벗어두고 왔어요." 엄마는 화가 나서 길길이 날뛰었다. "사고였다고요." 하지만 엄마는 늘 하던 대로 "네가 그럴 줄 알았다!"라고 소리쳤고, 난 "엄마가 평소에 개똥이나 갈매기똥을 밟으면 운 좋은 날이라고 했잖아요. 내가 개똥을 밟은 것도 운이 좋아서 그런 거니까, 이랬다저랬다 좀 그만해요"라고 대들었다. 엄마는 더는 할 말이 없는지 입을 다물었다. 솔직히 개똥을 밟은 게 사고이긴 했지만 완전히 우연은 아니고 어느 정도 의도성이 있었다!!!

🕙 밤 10시 43분

오늘밤엔 친구들이 죄다 집에 처박혀 있다. 아는 사람도 없이 나 혼자 왕따처럼 펍에 들어가 어슬렁거릴 순 없다.

그렇다고 아무것도 안 하고 빈둥대면서 토요일 밤을 보내고 싶진 않아서 뭐든 해야겠단 생각이 들었다. 가만 보니 1983년 이후로 내 방 벽지를 바꾸지 않았다. 줄곧 빨강, 노랑,

초록, 하양으로 된 가로줄무늬 벽지였다. '바꾸자. 여긴 내 방이니까 내 맘대로 꾸며보자.' 이런 생각을 하며 벽지를 뜯기 시작했다. 얼마 안 있어 엄마가 초음파로 악을 썼고 그 소리가 아래층에서부터 내 방까지 뚫고 올라왔다. "집세를 내는 사람은 나야. 넌 아무것도 뜯으면 안 돼…… 어쩌고저쩌고……."

정원 구석에 쓰지 않고 쌓아놓은 토탄 더미가 있다. 그걸로 오두막이라도 지어 분가하고 싶다.

그리고 해리 같은 남자랑 같이 사는 거다.

수돗물이 나오게 수도관 설치 정도는 해줘야겠지. 아……화장실도 만들어야겠구나.

2월 19일 일요일

링컨셔의 **싸구려** 인생

요즘은 이 집에서 사는 게 꼭 포로수용소에 갇혀 지내는 기분이다. 밤중에 오줌이 마려워서 일어났더니 엄마가 냅다 소릴 질렀다. "뭘 하려고 부스럭거려?" 내가 "오줌 누려고요"라고 하자, 엄마는 "왜?"라고 물었다. "방광이 꽉 찼으니까요! 그럼 누지 말까요?"

결국 밤중에 대든 벌을 아침에 받았다. 한 라디오 방송국에서 교회 종소리를 들려주는 모양인데 엄마가 지저분한 스테레오의 음량을 최고로 올려서 내 방까지 그 소리가 왕왕 울리게 해놓은 것이다.

그린레인에 있는 가게에 갔다가 또 봉변을 당했다. 벽에 기대앉아 있던 등신들이 날 보더니 침을 뱉으며 욕을 해댔다. "저 돈 많고 뚱뚱한 년 보게. 버거를 또 하나 사서 처먹네." 뚱뚱한 건 사실이지만 돈은 없다. 내 방은 습기가 차 눅눅하고, 우리 집은 임대주택이다. 제대로 된 휴가를 보내본 건 1984년이 마지막이었는데 그것도 근처 마블소프 골든 샌즈에서였다. 내 방 침대는 보건사회보장성을 통해 구입한 싸구려다. 나도 돈 많은 상류층이고 싶다. 그럼 이 쓰레기 같은 동네를 벗어나 기숙사에서 학교를 다닐 수 있을 텐데.

2월 20일 월요일

엄마의 두 번째 남편

엄마한테 무슨 일이 있나 보다. 별안간 다리 면도를 하더니 해리 닐슨의 〈당신 없이는Without You〉을 계속 듣고 있다. 엄마의 두 번째 결혼이 꼬여가는 모양이다. 안됐지만 놀라운 일은 아니다. 엄마의 두 번째 남편은 학교 선생이었다. 엄마는 그 학교에서 셔츠 다리는 일을 하다가 그와 눈이 맞았다. 그러다 남자는 더럼 대학교에 가서 라틴어를 공부했고, 엄마는 인생 대학교에 가서…… 음…… 인생을 공부했다나 어쨌다나. 결혼을 하자마자 그 남자는 모로코에 가서 학생들을 가르치겠다며 영국을 떠났다. 엄마가 불쌍하긴 하다. 외로운 뚱녀로 사는 건 정말 끔찍한 일이지. 엄마가 모로코에 있는 그 남자랑 해결을 잘 보기를, 그리고 그 남자는 쭉 거기서 애들을 가르치며 살기를 난 바라고 있다. 내가 에이레벨 과정에 있는 동안 그 남자가 이 집에 들어와 사는 일은 없었으면 한다. 그는 소위 학구파니까 이 시기에 내가 나만의 공간을 필요로 하며 번거로운 상황을 피하고 싶어 한다는 걸 알 거다.

베서니의 변명

세상에, 오늘 아주 진상들이었다!! 듣자 하니 베서니가 메리 자미에슨의 남자친구와 사귈랑 말랑 하는 분위기로 갔었나 본데, 그놈이 여자 둘이 자기 때문에 아주 좋아 죽는다고 남학교에 소문을 퍼뜨린 모양이었다. 둘 다 굉장히 예쁜 여자애들인 걸 보면 자기가 성적 매력이 넘쳐나는 것 같다고 했다

61

나. 베서니가 밀즈앤드분 출판사의 허무맹랑한 로맨스 소설을 읽고 앉아 있는데 메리가 죽일 듯이 다가와 소리쳤다. "네가 뭔데 꼬리를 쳐? 엄청 잘난 줄 아나 보지?" 베서니가 "난 아무 짓도 안 했어"라고 했지만 메리는 계속 악을 썼다. "너 내 남친 건드렸니? 건드렸냐고?" 다행히 수업 종이 울려 베서니는 에이레벨 물리 수업을 들으러 교실로 들어갈 수 있었다. 메리는 그 자리에 남아 울면서 주절거렸다. 모두가 메리를 빙 둘러싸고 모여들었다. "지난주에 남친네 엄마 아빠가 남아프리카 공화국에 가서서 걔네 집에서 그걸 했어. 다 마친 후엔 수건으로 내 몸에 묻은 땀까지 닦아줬단 말이야." 그래, 자상하기도 하구나. 그런데 내가 알기로 네 남친네 부모는 인종차별주의자라던데 그런 부모를 둔 남자랑 계속 사귀고 싶니? 난 나중에 이 얘기를 모두에게 해주었다.

수업을 마치고 집에 돌아왔는데 베서니가 찾아왔다. 베서니는 하염없이 울면서 지껄였다. "난 정말 아무 짓도 안 했어. 우린 그냥 얘기만 했다구. 그냥 얘기만!" 글쎄다. 사실이든 아니든 상관없다. 그저 나도 좀 겪어봤으면 하는 문제일 뿐이다. 여친 있는 남자의 바람 상대. 위험한 여자. 남학교에서 굉장히 예쁜 애라고 일컬어지는 여자. 베서니가 계속해서 말했다. "다들 날 미워할까? 다들 날 걸레라고 생각할까?" 난 위로의 말을 해주었다. "메리가 그 일을 일단 터뜨린 이상 다들 멋대로 떠들면서 메리한테 자세히 물어보느라 바빠서 너한텐 별로 신경도 안 쓸걸." 이 말에 베서니는 기분 상한 표정이었다. 이유를 모르겠다. 모두가 자기 얘길 하는 걸 관둔다고 하면 좋은 거 아닌가? 베서니를 데리고 감자튀김이나 먹으러 갔다. 베서니한테 돼지처럼 먹는단 얘기를 들은 터라 깨작깨작 조금씩 요정 공주처럼 먹으려 애썼다. 난 남들 앞에서 먹는 게 싫다. 몸에 안 좋은 거라도 먹고 있으면 사람들이 빤히 쳐다보는데 마치 '너 꼭 그런 걸 먹어야겠니?'라고 말하는 것 같아서다. 베서니는 눈물콧물 범벅에 눈까지 빨갛게 핏발 선 채로 꾸역꾸역 감자튀김을 먹었다. 베서니를 추앙하는 녀석들이 오늘 이 모습을 봤어야 했는데. 이렇게 베서니를 도와주는 나의 착한 모습은 해리가 보아주면 좋겠고.

난 어쩌다 진짜 못돼먹은 인간일 때가 있다. 누구나 다 그렇지만. 가끔만. 나쁜 말을 하고 싶을 땐 이 일기에다만 쏟아놓는다. 남들 면전에 대고는 못한다. 난 온갖 더러운 소릴 다 들으며 살지만, 다른 사람들이 나 때문에 자기 방에서 엿 같은 기분을 느끼게 하고 싶진 않다. 나 역시 그런 기분으로 살고 싶지 않으니까.

오늘밤 엄마랑 중요한 대화를 나눴다. 엄마가 내 방에 들어온 순간부터 자기 방에 자러 갈 때까지 나눈 대화는 대략 이렇다.

엄마　서른 넘을 때까진 결혼하지 마, 레이첼.

(지금 이 추세라면 어쩔 수 없이 그래야 할 듯하네요.)

나　왜요?

엄마　그냥 하지 마. 남한테 의존해서 살지 말고 네 힘으로 돈 벌어서 살 궁리를 해.

나　왜요?

엄마　머리 아프게 왜 계속 왜왜 하면서 따지고 드니……?

(음…… 이 대화는 엄마가 먼저 시작했거든요!)

2월 25일 토요일

첫 키스

🕓 오후 4시 35분

오늘밤 본에 위치한 엔젤 호텔에서 파티가 열린다. 가봤자 무슨 일이 일어날지 뻔해서 굳이 가야 할지 모르겠다. 베서니는 누군가의 입술을 빨아댈 거고 난 그 옆에서 곁다리로 끼어 앉아 있겠지. 컨디션도 엉망이다. 며칠 동안 엄마가 난방을 켜주지 않아서 독감에 걸린 것 같기도 하다. 바자회에서 스웨이드 재질로 된 낡고 멋스런 재킷을 샀다. 엄마도 내가 그걸 입으니까 날씬해 보인다고 했다. 그 옷에서 풍기는 퀴퀴한 냄새를 덮으려고 엄마가 아끼는 오피움 향수를 반병이나 뿌린 걸 알면 난리가 나겠지. 파티에 갈지 말지는 이따가 결정해야 할 듯.

2월 26일 일요일

(1989년 2월 25일 토요일 밤에 일어난 일이기는 함⋯⋯)

🕐 새벽 1시 12분

아! 완전 충격 먹었다! 자세한 내용을 풀어놓겠다!

(독감이 아니라 협심증 때문인 듯) 몸이 정말 안 좋아서 파티에 가지 않을 생각이었다. 그러다 저녁 7시쯤에 생각을 바꿨다. (파티 시작은 8시부터였다) 가보니 해리가 와 있었다. 다들 춤을 췄고 난 그를 못 본 척하고 있었는데 그가 다가와 뒤에서 내 눈을 가리면서 "누군지 맞혀봐"라고 했다. 우린 우스갯소릴 좀 했고 해리는 다른 자리로 갔다가 다시 내 쪽으로 왔다. 실은 해리가 베서니와 친하다. 베서니가 편리하게도 다른데로 가주었고 난 해리를 독차지했는데 그러다 해리는 날 슬쩍 한 번 껴안고는 또 다른 자리로 갔다. 파티에서 난 생전처음 담배를 피워보았다. 담배를 입에 무니까 좀 더 고혹적으로 보였던지 해리가 다시 내게 다가왔다. 그리고─

엄청난 일이 일어났다!

우린 잡담을 나누고 껴안기도 하고 머리를 서로 콩콩 박기도 해가면서 놀고 있었다. 그러다 해리가 나를 빤히 쳐다보며 물었다. "너 나한테 키스 안 해줄 거야?" "글쎄, <u>으으으으</u>음. 약간 문제가 있어. 난 키스를 해본 적이 없어." "그럼 한 번 해봐." 그리고…… 오 마이 갓!

(이런 표현 정말 싫지만!) 난 그에게 입술을 포갰다.
드디어 남자애랑 키스를 했다.
바로 해리랑!!

내가 "아, 내가 키스 너무 못하지"라고 하자 해리는 "그건 내가 평가하는 거야"라고 받아주었다. 곧 어색한 침묵이 흘렀고 이상한 낌새를 챈 내가 물었다. "해리, 너 혹시 내가 불쌍해서 키스한 거야?" 이 착한 놈은 솔직하게 대답을 했다. "부분적으로는 그래. 네가 날 좋아한단 얘길 들었어." "그래도 완전히 동정심 때문만은 아니었지?" "그럼! 당연히 아니지. 널 정말 좋아해. 남자여자 꼭 그런 쪽으로는 아니지만." 솔직하게 답해준 그의 인격을 난 진심으로 존경한다.

어쨌든 난 해리에게 바질 브러시 캐릭터가 그려진 배지를 주었다. 그때 야즈의 〈괜찮은 시간Fine Time〉이란 감미로운 곡이 흘러나오다가 별안간 섹스프레스의 〈이봐 음악을 사랑하는 사람Hey Music Lover〉이란 정신 사나운 곡으로 이어지면서 분위기가 괴상하게 흘러갔다. 〈이봐 음악을 사랑하는 사람〉은 광란의 파티에나 어울리는 노래였다. 난 아랑곳하지 않고 말했다. "설마 기숙사로 돌아가서 다른 애들한테 '맙소사, 레이 얼은 멍청하고 뚱뚱한 암소 같은 년이야'라고 떠벌리진 않겠지?" "무슨 소리야! 난 그런 놈 아니야." 내가 이래서 해리를 좋아한다…… 그는 내 무릎에 걸터앉았고 우린 좋은 친구로서 대화를 나눴다.

첫 키스 상대가 이토록 다정다감하고 이해심 많은 남자여서 다행이다. 난 정말 운이 좋다. 진부하고 당황스런 분위기이긴 했지만.

내가 남자애랑 키스를 했고 그 상대가 해리였다는 것이지, 내가 남자애랑 키스를 했는데 놀랍게도 그게 해리였다는 뜻은 아니다. 해리가 무슨 돌연변이도 아니고 말이다.

오늘 담배도 한 모금 피워봤다! 안타깝게도 춤은 많이 추지 못했다. 어쨌든 아직도 충격이 가시지 않은 상태다. 그래도 누군가 날 안아줘서 행복했다! 기분 째진다! 신이시여, 살아 있음에 감사드려요.

밤마다 내가 레즈비언이 아닐까 걱정했는데 이젠 그럴 필요 없게 됐다.

🕐 오후 5시 6분

밤에 세 시간 반밖에 못 자서 그런지 낮에 빌빌대다가 아주 곯아떨어졌다. 어젯밤에 일어난 일이 도저히 믿기질 않는다. 부옇게 흐린 꿈같다. 계속 눈앞에 해리 얼굴이 왔다 갔다 하고 어느 순간 문득 그의 생김이 기억나질 않는다. 아, 맙소사! 내가 해리랑 키스를 하다니. 믿기지 않는다. 아직도 충격에서 벗어나지 못하고 있다. 문제는 내가 진심으로 해리를 좋아한다는 거다. 딱히 꼬집어 말하긴 어렵지만 지금 내 기분은 완전히 뒤죽박죽 혼란의 도가니탕이다!!!《저스트 세븐틴》잡지에 실린 내 별자리 운세를 읽어보니 이런 일이 일어날 운세라고 적혀 있었다.

2월 27일 월요일

키스황제 해리

엄마가 케임브리지 다이어트를 시작했다. 하지만 본격적이 되기도 전에 벌써 진이 빠진 듯 보인다. 왜 군이 살을 빼려는 건지 모르겠다. 엄마는 어쨌든 이미 결혼을 했고, 내 경험에 비추어 볼 때 세상엔 여자가 비만이어도 신경 쓰지 않는 해리 같은 남자도 있는데 말이다. 이 허울뿐인 껍데기에 담긴 알맹이를 볼 줄 아는 남자들, 외모에 국한되지 않고 내면을 볼 줄 아는 남자들이 있단 말이다.

해리의 혀는 정말이지 환상적인 맛이었다. 누군가의 혀가 내 입안에서 움직이는 건 이상한 느낌이었다. 따뜻하고 작은 동물이 돌아다니는 것 같았다. 진짜 따뜻하고 기분 좋은……. 혀가 그렇다면 거기는 어떨까…… 아 아니다, 거기까지는 생각 말자. 그런 쪽으론 상상 불가능이다. 우스갯소릴 한 건데 속이 안 좋아지네.

아무리 좋게 생각해도 제6과정 하급학년 따위나 입에 올릴 법한 얘기다. 어쨌든 다들 내게 상냥하게 대해주었다. "정말 잘됐다, 레이" 하면서. 난 좋은 친구들을 가진 것 같다. 이 얘길 털어놓지 않은 유일한 사람은 모트다. 모트는 상태가 좋질 않아서 오늘 학교에 오지 않았다.

집으로 가는 길에 하이 가(街)에서 해리를 봤다. 심장이 마구 두근거리면서 정신이 아득했다. 그를 품에 꼭 껴안고 싶은 마음뿐이었다. 그를 보았을 때, 난 그저 파란 혀를 내밀고 헥헥거리는 한 마리 라즈베리 슬러시 퍼피(슬러시 퍼피 사의 라즈베리 맛 음료수. 혀를 내민 강아지가 컵에 그려져 있다―옮긴이)에 지나지 않았다.

2월 28일 화요일

20세기의 스탬퍼드

케임브리지 다이어트를 하느라 주구장창 굶고 있는 엄마는 기분이 썩 좋지 않은 모양이다. 요즘 내가 집에서 먹는 음식은 전부 압력솥으로 요리한 것이다. 준비 시간이 최소한으로 소요되기 때문이다. 양파를 제대로 자르지 않아서 오늘 저녁에도 난 양파 반쪽을 그냥 우적우적 씹어 먹었다. 엄마가 허영심 때문에 배를 주리는 동안 난 이렇게 양파 반쪽이나마 배불리 먹고 있다.

학교에서 손톤 와일더의 《우리 읍내》란 희곡을 무대에 올리기로 했는데 나는 음향 담당이 되었다. 모트가 비중 있는 배역을 맡아서 기분이 좋다. 남자 배역은 여학생들이 남장을 하는 게 아니라 남학생들이 하기로 했다. 남학교 여학교로 구분된 스탬퍼드 중고등학교에도 드디어 20세기가 왔나 보다.

3월

March))

3월 1일 수요일

동정심이 아니야

《우리 읍내》 공연의 마지막 드레스 리허설을 하기 전, 나는 모트에게 지난 주말 일을 전부 털어놓았다. 모트는 해리를 재수 없는 새끼라고 했다. "뭐라고, 왜?" "부분적이지만 네가 불쌍해서 입을 맞춘 거라고 했다며. 넌 그런 녀석의 동정심 따위 필요 없어! 넌 내가 아는 제일 재미있고 상냥한 사람 중 하나야." "해리가 말은 그렇게 했지만 꼭 그런 뜻은 아니었겠지." "그럼 무슨 뜻으로 한 말인데?" 동정심 때문만은 아니었을 거라 믿는다. 난 모트를 사랑한다. 모든 면에 있어서 판단력이 좋은 애다. 하지만 해리 건에 대해서만큼은 어쩔 수 없이 나와 의견이 갈린다.

모트가 1900년대 초 미국 여성 복장을 하고 있는데다가 머리에 쓴 보닛에도 문제가 있어서 그런지 모트의 얘길 진지하게 받아들이기가 힘들었다.

엄마는 케임브리지 다이어트 삼 일차에 들어섰다. 그래서인지 평소보다 담배를 더 자주 피우는 눈치였고 오늘도 뒤뜰에서 담배 피우는 모습을 나한테 딱 걸렸다. "엄마 도대체 뭐 하고 있는 거예요?" "레이첼, 네 일 아니니까 신경 꺼. 엄만 어른이니까 알아서 해." 어른이면 어른답게 행동하셔야죠, 이 심통 사나운 아줌마야. 딸도 좀 챙겨주시고요. 내가 담배 피우는 모습을 봤으면 길길이 날뛰었을 거면서.

난 키스를 했단 사실을 엄마에게 털어놓지 않았다. 엄만 화장실 변기를 통해서도 성병에 걸릴 수 있다고 생각하는 사람이니, 그 얘길 했다간 난리가 날 거다.

3월 4일 토요일

엄마의 **다이어트** 일대기

🕐 오후 2시 16분

오늘 저녁 드디어 《우리 읍내》 공연이 끝난다. 이제 그동안 해리한테 무슨 일이 있었는지 알아볼 시간 여유가 생길 거다. 해리가 어떤 생각을 했고 어떤 생각은 안 했다더라, 친구들이 뭐라고 말했다더라, 어디서 이런저런 말을 했다더라, 하는 온갖 소문이 떠돌고 있어서 난 진실을 알고 싶었다.

엄마가 퀭한 눈으로 군침을 흘리며 과일 그릇을 쳐다보고 있다. 당장은 아니더라도 며칠 내에 엄마의 케임브리지 다이어트가 실패로 끝날 듯하다. 내 평생 엄마는 줄기차게 온갖 괴상한 다이어트를 해왔는데도 여전히 뚱뚱하다. 수프 다이어트, 포도 다이어트, 핫도그 다이어트, 섬유질 다이어트, 저지방 다이어트 등등 안 해본 다이어트가 없을 정도다. 그런데 이번 다이어트는 오로지 유동식만 먹어야 한다는 점에서 제일 난이도가 높다. 어떻게 귤 하나도 못 먹게 하는 다이어트가 다 있냐?

해리의 여자친구

🕐 새벽 1시

여러분, 나에게 남자친구가 생겼습니다!!! 아마도 내 인생에서 최고로 놀라운 밤일 듯.

🕐 오후 4시 55분

잠이 들어버려서 일기를 쓰다 말았다. 나머지 얘길 쓰도록 하겠다. 어제 《우리 읍내》의 마지막 공연을 마친 후 펍에서 해리를 만났다. 공연은 그럭저럭 잘 진행됐는데, 내가 음향을 재생하면서 증기 기관차 경적 소리를 틀어야 하는 부분에서 좀 삐끗했다. 테이프가 섞이는 바람에 경적 대신 닭들이 꼬꼬댁대는 소리가 들어가고 만 것이다. 다행히 아무도 알아채지 못한 듯했다. 펍에서 만난 해리가 너무 귀여워 보여서 그냥 꼭 껴안고 싶었다. 다들 먹을거릴 가지러 가서 테이블엔 나랑 해리만 남았다. 우린 펍을 나가 팔짱을 끼고 동물진료소 근처의 길을 따라 걸었다. 그는 나를 어느 집 현관 쪽으로 데리고 갔다. 한참 불편한 침묵이 흐르고 그가 말했다. "내가 용기를 좀 내보려고." "그래 알아. 이런 상황 정말 당황스럽지. 지난 주에 네가 나한테 이성적으로 끌리는 건 아니라고 해서 나도 혼란스러웠어." "그때부터 네가 달리 보이긴 했어. 그래서 말인데…… 음…… 그러니까…… 나랑 사귀어볼래, 레이?" "좋아!" 그리고 우린 프랑스식으로 어마어마하게 진한 키스를 나눴다. 내가 물었다. "그런데 왜 마음이 바뀐 거야? 넌 나보다 더 괜찮은 애랑 사귈 수도 있잖아." (진부한 질문이긴 했지만 짚고 가야만 했다.) "너한텐 카리스마가 있으니까!!"

아름다워서라는 말을 듣고 싶었지만 이것도 나쁘진 않았다.

태어나서 이렇게 행복한 기분은 처음이었다. 그리고 마음이 놓였다. 너무 좋아서 현실이 아닌 것 같았다. 평소엔 일요일 밤을 싫어했는데 오늘은 뭔가 새로운 시작을 맞이하게 된 것처럼 상쾌했다. 내 인생을 눈부시게 만들어줄 어떤 일의 씨앗이 막 트이기 시작한 느낌이라고나 할까…….

화요일엔 제대로 된 여자친구답게, 제대로 된 여자답게 해리를 만나러 기숙사에 들를 생각이다.

3월 6일 월요일

데이트 패션

휴게실에 모여 앉은 애들이 전부 토요일 밤에 나랑 해리가 어떻게 되었는지 알고 싶어 안달들이 났다. 그 얘기를 상세히 다 털어놓으려면 쉬는 시간으론 모자라고 수업 시간을 한 시간 빼서 써야 가능할 거다. 다들 내 얘기에 귀 기울이며 상냥하게 말해주었다. "정말 잘됐다, 레이." 이 말은 진심일 것이다. 함께 좋아해주지 않은 사람은 딱 한 명, 베서니였다. "그래봤자 얼마나 갈까. 너무 들뜨지 마. 넌 일주일 전에 겨우 키스하는 법을 배웠잖아. 해리의 친구들은 다 만나봤어?" 베서니가 왜 이러지? 내가 지 남친을 빼앗은 것도 아닌데. 그렇다고 베서니가 해리를 딱히 이성적으로 좋아하는 것도 아니다. 베서니는 마치 내가 무슨 잘못이라도 저지른 양 비딱하게 날 쳐다보고 앉아 있었다. 나도 여성으로 거듭났다는 사실을 인정하기 싫은 거다. 게다가 연애 건으로 모두의 관심을 사로잡은 사람이 지가 아니니까 더 싫겠지. 하지만 난 전혀 미안하지 않다. 베서니가 나를 필요로 할 때마다 늘 곁에 있어주고, 온갖 재앙으로 베서니의 인생이 꼬일 때마다 득달같이 달려가 주는 역할은 이제 그만하고 싶다. 그동안 베서니는 뚱뚱한 여자는 남자친구도 못 만들 거라고 생각해왔기 때문에 지금 이 상황이 이해가 안 될 거다. 하지만 베서니, 원래 그런 거야. 그 나이 먹도록 그것도 몰랐니, 애야!

수화기를 붙들고 한 시간 정도 모트랑 통화를 했다. 모트는 쇼핑아케이드에 있는 '블랙 오키드'라는 우아한 옷가게에서 산 치마를 빌려주겠다고 했다. 허리에 고무밴드 처리가 되어 있으니 내 몸에도 맞을 것이다. 셔츠는 목깃을 세워서 입어야겠다. 목에 힘주고 잘난 척하는 것처럼 보일 수도 있지만 남학생들이 그런 차림에 환장을 하니 나도 한 번 입어줘야지.

엄마의 다이어트는 아직까지 무너지지 않았고 이제 이 주차에 들어섰다. 엄마가 실패하길 바라고 있다. 그래, 난 암소처럼 못된 년이다.

3월 8일 수요일
이별통보

몸이 안 좋단 이유를 대고 결석하려고 했지만 엄마가 허락해주지 않았다. 일단 학교에 갔다가 땡땡이를 칠까도 생각해봤는데 돈이 없으니 갈 만한 곳도 없었다. 정말 짜증 났다. 적어도 학교에 가면 음식은 먹을 수 있으니 가기로 했다. 그리고 배를 채웠다. 젠장 아무려면 어때. 예뻐봤자 다 소용없다. 아무리 예뻐도 연애를 하면 온갖 고민을 떠안고 살게 되는 거다.

해리 때문에 골치가 아팠다. 실은 해리를 만나러 기숙사 학습실로 찾아갔는데 그가 영 이상하게 행동했기 때문이었다. 그가 나에게 에이레벨 영어 과목 에세이를 보여줬는데 맙소사 엉망이었다. (첫줄이 '모든 위대한 책들은 시작, 중간, 끝으로 구성된다……'였다. 음…… 대체 그런 구성이 제인 오스틴의 작품과 무슨 상관이라는 거야?) 내가 농담조로 좀 놀렸더니 그는 정색을 하면서 넌 항상 그렇게 잘났냐고 발끈했다. 그리고 이어진 대화는 이랬다.

해리   분위기에 떠밀려서 이렇게 됐지만 너랑 사귀어도 나야 손해 볼 게 없긴 하지.

나   뭐?

해리   애들이 네가 날 좋아한다고 해서, 어쩐지 너랑 사귀지 않으면 안 될 것 같아서, 그래서 사귀자고 했어.

나   아.

(한참 침묵이 흐르고)

나   그래, 좋아. 알아들었어…… 그럼 내가 너한테 사귀자고 하면 넌 남들한테 떠밀리거나 뭐 그런 기분을 느끼진 않겠네. 나랑 사귈래?

해리   아니. 하지만 친구로는 지내고 싶어.

나	좋아. 그럼 내일 강변 풀밭에서 만날까?
해리	그건 별로 좋은 생각이 아닌 것 같아.

난 눈이 퉁퉁 붓게 울면서 뉴크로스 가(街)를 따라 집으로 갔다. 사람들은 날 쳐다보기만 할 뿐, 아무도 괜찮으냐고 묻지 않았다.

나와 해리에 대한 소식은 삽시간에 퍼져나갔다. 누군가의 남자친구가 말을 옮기고, 그걸 들은 이가 또 옮겨 결국 모두가 알게 되었다. 베서니는 '거봐, 내가 뭐랬어'라는 듯 의기양양한 표정이었고, 진심으로 마음 아프다는 듯이 머리를 옆으로 살짝 기울이면서 조롱과 연민이 섞인 미소를 짓는 것도 잊지 않았다. 내 꼴이 꽤나 고소한 모양이었다. 해리의 에세이를 갖고 놀리지 말 걸 그랬다. '남자들은 우리만큼 상처 받기 쉬운 존재라서 타인에게 좋은 소릴 들으며 만족하고 싶어 한다'는 말도 있는데. 하지만 모든 남자가 그렇지는 않다. 남자마다 기준이 다르다. 망할. 제6과정 상급학년에 있는 어떤 놈은 체중이 108킬로그램이나 나가는데, 여자들이 무슨 소릴 해도 상처 받기는커녕 발밑에 두고 이래라저래라 하며 살고 있다.

이제 아무도 좋아하지 않을 테다. 정말이지 신물이 난다. 기분이 엿 같다. 내면이 온통 갈기갈기 찢긴 느낌이다. 짐 다이아몬드의 〈내가 좀 더 잘 알았어야 했는데I Should Have Known

Better〉를 듣고 또 들었다. 여자친구를 두고 바람피운 걸 후회하는 내용이라 내 상황과 완전히 일치하지는 않지만, 슬피 울부짖는 노래라 감정을 대변해주는 것 같았다. 이 일을 극복하려면 한참 걸릴 것 같다. 내 인생이 송두리째 흔들렸다.

3월 10일 금요일

엄마의 마카로니 치즈 한 접시

오늘 저녁엔 집 밖에 나가지 않았다. 점심에 감자튀김을 먹었는데 소화가 되지 않아 죽을 것 같아서였다. 그 이유 말고도, 해리를 보고 싶지 않아서이기도 하다. 아무도 만나고 싶지 않았다. 엄마가 세탁해놓은 옷들을 들고 위층으로 올라와 물었다. "레이첼, 무슨 일 있어?" 엄마는 침대 끝에 걸터앉았다. 내가 남자한테 차여서 그렇다고 하자 엄마는 "남자들은 여자의 마음을 전혀 몰라. 열일곱 살짜리나 일흔 살짜리나 마찬가지야, 레이첼. 앞으로 살면서 이런 식으로 실망할 일이 많을 거야. 인생은 공정하지가 않거든. 전에도 그랬고 앞으로도 그래. 그러니까 에이레벨에나 집중하고 남자들은 잊어버려. 엄마도 그러려고 노력하고 있어. 자, 우리 둘 다 기운 차리도록 내려가서 마카로니 치즈나 만들어야겠다"라고 한 다음 아래층으로 내려갔다. 잠시 후 우린 나란히 앉아 비디오로 미국 드라마 〈다이너스티〉를 봤다. 우린 둘 다 이 드라마에 나오는 텍스 덱스터란 남자를 사랑하니까.

엄마가 늘 이렇게 날 대해주면 얼마나 좋을까? 엄마가 날 포옹해주진 못한다는 걸 잘 안다. 그러니 이 정도만 해줘도 고마운 거다. 내가 필요로 하는 건 바로 이런 약간의 응원이다.

가만 보니 엄마가 케임브리지 다이어트를 때려치운 모양이다. 레드 레스터 치즈를 잔뜩 넣은 파스타는 그 다이어트 프로그램에 없을 테니 말이다.

<u>3월 11일 토요일</u>

내 말빨은 역시 대단해

🕐 밤늦게(일요일로 넘어간 시간인지도 모르겠음)

엄마가 음식에 맺힌 한을 풀 작정인가 보다. 금욕을 깨고 음식을 폭풍 흡입하기 시작했다. 계란, 베이컨에다 튀긴 빵을 아침식사로 차려냈다. 시내에 갔다 오는 길에 우린 넬슨즈 빵집에서 소시지 롤도 샀다. 오후에 엄마는 주방에서 부스럭거리더니 샌드위치를 하나 더 만들었다. 그러고는 칠리 콘 카르네와 감자튀김을 차에 곁들여 먹자고 했다. 지금 외출해야 한

다고 하자 엄마는 "남겨놓을 테니까 이따 와서 먹어"라고 했
는데 정말이었다! 집에 돌아와서 보니 잔뜩 만들어져 있었다.

오늘은 혼자서 펍에 갔다. '까짓것 뭐 어때. 굳이 베서니
를 기다렸다가 같이 갈 필요는 없지'라는 생각이었다. 더는 베서
니랑 함께 움직이고 싶지 않았다. 베서니는 날 교묘하게 괴롭
힌다. 오해는 하지 말길. 때린다거나 하는 게 아니라, 내 몸무
게를 사소하게 언급한다든지 보란 듯이 해리한테 달라붙는다
든지 해서 날 괴롭히는 식이었다. 멜로드라마처럼 과장되게
굴 생각은 없지만, 아무리 봐도 베서니는 내가 괴로워하는 꼴
을 보면서 즐거워하는 것 같았다.

어쨌든 그래서 오늘 난 볼츠 펍에 혼자 갔다. 해리는 없었
고 튀긴 소시지랑 핀, 무화과가 있었다. 내가 들어가자 튀긴 소
시지가 펍 저편에서 소리쳤다. "거대 인간, 이리 와." 우린 신
나게 웃었다. 캡틴 버즈아이라는 술 마시기 게임도 했다. 어찌
나 즐겁던지. 규칙은 기억나지 않지만 어쨌든 재미있었다. 무
화과도 펭귄 걸음걸이를 흉내 내며 꽤나 웃겼다. 그런데 핀은
모든 게 지겹다는 표정으로 거기 앉아서 날 빤히 쳐다보기만
하다가 심술 난 돼지처럼 툴툴대며 나한테 딱 세 문장을 말했
다. 우선 난데없이 "너랑 해리는 어떻게 된 거야?"라고 물었
다. "그 얘긴 하고 싶지 않아." "그래. 나도 별로 알고 싶지 않
아." 이런 식이었다. 이랬다저랬다 변덕도 심한 녀석이다. 본

인이 잘생겼다는 걸 꽤나 의식하고 있기도 하고.

삼십 분쯤 지나 베서니가 당황한 얼굴로 펍에 들어왔다. 날 죽일 듯이 노려봤지만 난 콧방귀도 뀌지 않았다. 베서니는 우리 쪽으로 걸어와 튀긴 소시지의 무릎에 걸터앉아 나에게 물었다. "왜 날 안 기다렸어?" 난 아무렇게나 핑계를 댔다. 내가 펍에서 모두의 관심을 끌어모으고 있으니 잔뜩 골이 난 듯했다. 터키 공항에서 몸수색을 당했을 때 얘기를 했는데 여자 세관원이 날 남자로 알더라고 하자 침울해 있던 핀까지도 웃음을 터뜨렸다. 결국 베서니는 "기분이 별로 좋지 않아. 집에 갈래"라고 말하며 펍을 나갔다. 아무도 말리지 않았다. 나도 당연히 안 말렸다.

집으로 가면서 로드 버글리 펍을 지나가는데 거기서 루크를 봤다. 루크가 내게 손을 흔들며 미소를 지었다. 루크를 많이 좋아하긴 하는데 해리랑 끝난 지 얼마 되지도 않았으니 곧장은 좀 그렇고 시간이 더 필요한 것 같다.

3월 13일 월요일

뒤로 호박씨 까는 베서니

🕐 밤 11시 40분

오늘 나한테 일어난 일이 현실인지 믿기지가 않는다. 일기장아, 네가 말을 할 수 있다면, 그래서 나랑 대화를 할 수 있다면 얼마나 좋을까.

학교에서 점심시간에 식당으로 내려갔더니 모두들 껍질째 삶은 감자를 먹으러 이미 와 있었다. 한 무리의 아이들이 베서니를 둘러싸고 서 있는 게 보였다. 가까이 가서 보니 베서니는 눈물을 찔끔거리고 있었고 모두들 날 빤히 쳐다보았다. 그중 하나가 말했다. "너 베서니한테 왜 그렇게 못되게 굴어?"

베서니가 모두에게 지껄여놓은 얘긴 대충 이랬다.

1> 지난 토요일에 내가 베서니랑 같이 팝에 가기로 해놓고 바람을 맞히는 바람에 베서니 혼자 비를 쫄딱 맞았다.

2> 내가 튀긴 소시지에게 베서니는 무식하고 멍청한 년이라고 말했다.

3> 남친이 생기더니 변했다!!

4> 신진대사가 빨라 날씬한 몸매를 유지하는 베서니를 내가 질투하고 있다.

전부 다 '아니오'고 4번만 맞다.

소란을 끝내기 위해 베서니에게 말했다. "그러지 말고 강변 풀밭에 가서 얘기나 좀 하자." 우리는 강변으로 가서 오리들에게 먹이를 주며 대화를 했다. 베서니는 온갖 질문을 퍼부으며 날 닦달했다. 자기가 무슨 짓을 하고 있는지 잘 아는 눈치였다. 나랑 둘만 있게 되자 베서니는 기가 살았다.

베서니   왜 나랑 사이가 이렇게 틀어진 거니?

나   그런 적 없는데.

베서니   그럼 왜 펍에 나랑 같이 안 갔어?

나   그냥 나 혼자 한 번 가보고 싶었어.

베서니   너 때문에 난 너무 상처 받고 당황했어. 튀긴 소시지한 테 내 험담을 늘어놓질 않나.

나   험담 안 했어!! 술 마시기 게임만 했다구.

베서니   난 늘 너한테 용기를 주고 도와주려고 했어. 그런데 날 위해 겨우 오 분 기다려주는 게 그렇게 큰일이니?

나   큰일은 아니지.

결국 난 완전히 꼬리를 내리고 잘못한 것도 없는데 사과를 했다. 베서니는 얼굴이 밝아졌다. 놀랍고 또 놀라워라. 집으로 같이 걸어가면서 베서니는 자길 좋아하는 남자들에 대해

수다를 떨어댔고, 나같이 뚱뚱한 여자들에게 어울리는 헤어스타일 얘기를 양념으로 얹었다.

앞으로 두 주 동안은 에이레벨 시험 공부를 하느라 정신없을 듯하다.

베서니는 루크랑 친하다. 그런 점에서 나보다는 유리하다고 봐야겠지.

3월 15일 수요일

고통은 사방에 존재한다

밤에 모트랑 통화를 하려고 공중전화로 가던 길이었다. 어떤 꼬맹이가 날 보더니 제 엄마에게 물었다. "엄마, 저 누나는 왜 저렇게 뚱뚱해?" 아이 엄마는 당황하면서도 재미있어 하는 얼굴로 히죽 웃었고 난 부리나케 그 자리를 피했다. 내가 뭘 어쩔 수 있었겠어? 악랄한 폭력배 레지 크레이랑 아는 사이라고 하면서 꼬맹이를 위협할 수도 없는 거잖아?

모트에게 전화를 해 엉엉 울었더니 상냥한 모트는 "꼬마들은 원래 그런 멍청한 소릴 입에 달고 살아"라는 말로 위로해주었다. 하지만 이 일기를 쓰고 있는 지금도 난 마음이 좋지가 않다. 가는 곳마다 모두 날 손가락질하고 눈총을 준다. 모두들 내 몸무게를 도마에 올려놓고 난도질하며 비웃는다. 내가 휠체어를 탄 장애인이라면 그런 짓을 못할 거다. 내 몸에 끔찍한 상처가 있다고 해도 마찬가지다. 하지만 비만에는 가차 없다. 내 몸을 이 꼴로 만든 게 바로 나라는 걸 알기 때문이다. 스스로가 자초한 일이다. 게으르고 멍청하고 자기관리 못하고 쓰레기 같고 뚱뚱한 나. 지금 이 순간 분을 풀 수 있는 유일한 방법은 자신을 있는 힘껏 때리는 거다. 울고, 울고, 또 울고…… 아무에게도 이유를 말하지 않는다……. 그러다 아무렇지 않은 척 일어나야 한다. 어차피 울든 말든 아무도 신경 쓰지 않을 테니까. 앞뒤가 안 맞는 말을 갈겨써서 미안한데 지금 내 기분이 그렇다. 그냥 그런 거다. 날 구하러 와줄 사람은 없다. 언제나 그랬듯이. 디 알람은 고통을 뒤로하고 힘껏 달아나면 고통에서 멀어질 수 있다고 노래한다. 하지만 난 그럴 수가 없다. 이 고통은 바로 여기 존재한다. 사방에 있다. 문짝이 제대로 닫히지 않는 내 방 안에. 날 미워하는 엄마와 함께. 1톤쯤 되는 밀가루 반죽이 들러붙은 듯, 두툼하게 살찐 내 몸뚱어리와 같이.

3월 16일 목요일

온갖 괴상한 생각들

🕐 느지막이

별로 할 말이 없다. 밖에 나가기 싫다. 나가봤자 남들 시선에 주눅이나 들 거다. 차라리 내 방에 죽치고 있는 게 낫겠다. 고양이랑 둘이서. 심플 마인즈의 노래나 듣자.

온갖 괴상한 생각들이 머릿속을 가득 채우고 있어 도저히 주체가 안 된다.

3월 17일 금요일

루크와 나의 삼단논법

억지로 밖에 나감. 역시 또 약간 상처를 받긴 했지만 심하진 않았음.

해리가 펍에 왔다. 베서니가 해리한테 너 때문에 레이의 가슴이 찢어졌다고 말하자, 해리는 "그래서 잘됐다는 거야, 못됐다는 거야?"라고 했다. 난 이미 상처를 받을 대로 받아서 네가 준 상처 따윈 새겨질 자리도 없다고 말하고 싶은 기분이었다. 해리가 증오스럽다. '왜 날 여자로 좋아하지 않는 거니, 해

리, 이 나쁜 놈아!'

루크가 펍으로 들어왔다!! 나랑 베서니가 있는 곳으로 다가와 잡담을 나누다 나랑 루크는 서로에게 음식을 던지며 놀기 시작했다. 루크가 먼저 내 목덜미에 스킵스 과자를 집어 던졌고, 난 그의 얼굴에 땅콩 한 줌을 뿌리는 것으로 맞받아쳤다. 난 좋아하는 사람이 생기면 상냥하게 굴기보단 짓궂은 장난을 쳐버리곤 한다. 루크를 보면 제대로 장난을 쳐봐야겠단 생각이 자꾸 든다. 그럼 나에 대한 인상이 아주 좋아지려나?

루크랑 데이트하고 싶다. 진심으로. 난 루크를 남자로 좋아한다. 중요한 건 인간적으로도 그를 좋아한다는 거다. 하지만 몇 가지 요인들 때문에 그와 사귀는 게 불가능하다는 쪽으로 자꾸만 결론이 나버린다.

1〉 루크는 날 여자로 좋아하지 않는 것 같다.

2〉 베서니 얘기로는 루크한테 여자친구가 생겼는데 완전히 끝장나게 예쁘단다.

3〉 루크는 '진지하고 무거운 관계'를 원하지 않는 것 같다. 그의 기준에서 '무거운'은 어떤 의미일까?

4〉 루크가 진지하고 무거운 관계를 원한다고 해도 에이레벨 시험이 얼마 남지 않았다.

5〉 결국 1〉로 되돌아가야 함. 어쨌든 우리가 사귀는 건 불가능

이라는 것.

3월 18일 토요일

전형적인 럭비선수일 뿐이야

🕐 밤 11시 53분

베서니랑 데이트하는 남자를 오늘 저녁 펍에서 만났다. 약간 어두운 면이 보이긴 했지만 예쁘장하게 생겼고 매력적이기도 했다. 베서니랑 그 남자는 네 별자리는 뭐니, 하는 멍청한 질문들을 서로에게 해대고 있었다(참고로 그 남자는 사자자리였다). "어머, 자존심 강한 사자구나. 그러고 보니 네 머리카락이 꼭 풍성한 사자 갈기 같아." 베서니가 주접을 떨자 남자는 농담 같지도 않은 개소리에 아주 좋아 죽었다. 못 볼꼴을 보는 것 같아 나는 튀긴 소시지와 무화과가 있는 자리로 옮겼다. 얘들이랑 있으면 편하고 즐겁다. 난 튀긴 소시지에게 실은 내가 핀에게 육체적으로 끌렸고, 루크에겐 감각적으로 끌렸다고 털어놓았다. 튀긴 소시지는 큭큭 웃으면서 그들에겐 아무 말 안 하겠다고 약속했다. 조금 있다가 핀이 늘 그렇듯 뻐기는 걸음걸이로 들어왔는데 오늘은 웬일인지 나한테 잘 지냈냐고 말도 걸었다. 튀긴 소시지는 핀이 겉으론 저래도 속은 괜찮은 놈이라며 그에게 기회를 주라고 했다. 하지만 내가 보기엔 영 아니다. 핀은 기진맥진할 때까지 맥주를 목구멍에 들이붓고 여자들의 벗은 몸에 대해서나 지껄이는 전형적인 럭비선수일 뿐이다.

밤 10시 45분에 펍을 나왔다. 베서니는 여전히 그 예쁘장한 놈의 입술을 빨고 있었고, 난 햄버거를 먹었다.

처녀 딱지

베서니가 날 찾아와 어젯밤에 왜 자길 기다리지 않고 가버렸냐고 따졌다. 얜 도대체 날 뭘로 보는 거지? 지 경호원으로 아나? 사람 열 받게 만드네. 베서니는 자기랑 그 예쁘장한 놈이 아주 잘 맞는 짝인 것 같다고, 진지하게 사귀게 될지도 모르겠다고 말했다. 넌 남자를 만날 때마다 그 소릴 하지. 그냥 처녀 딱지를 떼고 싶어 안달이 나 있을 뿐이야. 바로 그게 문제라고.

3월 20일 월요일(휴일)

난 할머니를 사랑한다

오늘은 할머니를 보러 갔다. 이제 완전히 눈이 보이지 않게 되셨지만 여전히 사랑스러운 분이다. 엄마는 할머니를 돌보고 목욕시켜드리는 일을 하고, 길 건너 에드먼드 골목에 사는 베리지 부인은 할머니의 식사를 맡고 있다. 베리지 부인은 내가 어떤 얘길 해도 늘 깔깔 웃으면서 무슨 이유에서인지 날 네덜란드인이라고 부른다. 정확한 의미는 모르겠다. 어쨌든 나한테 늘 맨 밑층이 과일로 된 스펀치 케이크랑 커스터드 과자를 넉넉하게 만들어주는 분이니 뭐라고 부르든 상관하지 않는다. 베리지 부인의 남편은 오늘도 여전히 전쟁 중에 만난 일본인들을 욕하면서 나더러 일본 제품 말고 영국 제품을 사라고 잔소리를 늘어놓았다. 난 내 휴대용 카세트 플레이어가 영국제라고 말해주었다. 실은 소니 게 더 마음에 든다. 아주 멋진 되감기 버튼이 있기 때문이다. 하지만 베리지 씨에겐 그 얘길 하지 않을 거다. 그랬다간 군밤장수 모자를 쓴 베리지 씨는 곧장 뒤로 넘어가고 말 거다.

할머니가 나더러 좋아하는 사람이 있느냐고 물었다. 없다고 했다. "시간은 많단다, 레이첼." 할머니는 그러고 전쟁 중에 위터링에서 우체국을 꾸려나갔던 얘기를 비롯해 즐거웠던 일들을 얘기해주었다. 아, 할머니는 남편을 정말 사랑했나 보다. 오랜 세월을 부부로 살다가 상대방을 먼저 떠나보내면 얼마나 가슴이 찢어질까. 난 감히 상상도 못하겠다. 앞으로 결혼이란 걸 아예 못할 것 같아 그런 걸까? 누가 나 같은 비계 덩어리랑 결혼하려 할까?

사실 할머니는 나랑 혈연관계가 아니다. 그냥 옆집 할머니었는데 몇 년 전부터 우리랑 친해지기 시작했다. 지금은 진짜 내 할머니 같다. 할머니는 나한테 거의 화를 낸 적이 없다. 딱 한 번, 내가 할머니의 비상연락용 줄에 발이 걸려 넘어지는 바람에 도우미로 온 휴스턴 부인이 "무슨 일이에요, 클레멘츠 부인?" 하고 소리쳤을 때를 빼고. 당황스럽긴 했지만 한편으론 재미있기도 했었다.

할머니를 사랑한다. 할머니는 날 본인 잣대로 평가하지도 않고 내 몸무게를 두고 이러쿵저러쿵하지 않는다.

3월 21일 화요일

부활절 주말과 경구 피임약

어제 일기를 다시 읽으면서 생각해보니, 할머니가 내 체중에 대해 아무 말 안 하시는 건 눈이 멀었기 때문이었다.

할머니 얘기를 섹스 얘기랑 같은 페이지에 쓰려니 기분이 별로긴 한데, 어쨌든 베서니가 부활절 주말을 대비해 경구 피임약을 먹기 시작할 거라고 말했다. 그 주말에 예쁘장한 녀석의 부모가 집을 비울 거라나. 그러면서 나더러 의사 만나는 데 같이 가달라고 했다. 내가 "너무 빠른 거 아냐?"라고 묻자 베서니는 그 녀석과 만난 지는 나흘밖에 안 됐지만 어쩐지 서로가 인연인 것 같은 느낌이 든다고 했다. 무슨 해괴한 소리인지! 그래, 그딴 것도 인연이라면 인연이겠지. 어차피 그놈은 너랑 섹스할 생각뿐일걸. 베서니는 내일 병원에 가기로 했고 나도 따라가기로 했다. 에이레벨 시험 공부를 하는 것 말고는 달리 할 일이 없기도 하니까. 게다가 지금은 오토만 제국에 관한 자료를 들여다보고 싶은 기분이 아니다.

3월 22일 수요일

바나나로 연습?! 맙소사

🕐 오후 12시 53분

방금 의사를 만나고 왔다. 베서니는 아주 제대로 임자를 만났다! 그냥 피임약을 달라고 하면 군소리 않고 내줄 줄 알았던 모양인데, 의사는 깐깐하게 섹스 파트너가 몇 명이냐, 지금

만나는 섹스 파트너는 몇 살이냐, 그 파트너의 파트너는 몇 명이었냐고까지 물어댔다. 그리고 의사는 경구 피임약보단 차단 피임법이 효과가 더 좋다고 말해주었다. 내가 그게 뭐냐고 묻자 콘돔을 쓰는 것이라고 알려주었다. 베서니가 한 번도 콘돔을 사용해본 적이 없다고 하자 의사는 바나나를 가지고 연습을 해보라고 했다! 맙소사!!!! 이 사람들은 우릴 뭘로 생각하는 걸까? 의사는 에이즈와 그 밖의 온갖 성병에 관해 일장 연설을 늘어놓은 끝에 베서니에게 피임약을 처방해주기는 했다. 스탬퍼드에 에이즈라니. 여보세요, 여긴 링컨셔의 촌구석이라고요. 자동차가 들어온 지도 오십 년밖에 안 되는 곳이요.

베서니는 부츠 약국에 가서 약을 받았다. 무척이나 뿌듯해하는 표정이었다. 쳇, 겨우 섹스 하나 가지고!

🕙 밤 10시 20분

내 주제에 누굴 놀려? 나도 부활절 주말을 섹스하면서 보내고 싶다. 지금 상황에선 부활절 계란 모양을 한 스마티즈 이스터 에그 초콜릿이라도 얻어먹을 수 있으면 다행일 거다.

3월 23일 목요일

엄마의 괜한 걱정

🕙 밤 10시 45분

누가 병원에서 날 보고 엄마한테 일러바친 모양이다. 엄마가 날 구석에 몰아넣고 꼬치꼬치 심문을 했다. "너 어제 병원엔 왜 갔어?" 그냥 친구 따라간 거라고 했지만 엄마는 당부를 잊지 않았다. "레이첼, 네 인생에서 중요한 일이 지금 일어나고 있는 거면 엄마한테 꼭 말해야 해." 엄마는 내가 혹시 섹스라도 하고 있을까 봐 그렇게 말한 것이다.

과연 엄마 생각처럼 내가 피임약을 먹을 일이나 있을까. "열일곱 살이나 됐는데 어느 정도는 사생활 보장이 돼야 하잖아요." 내 말에 엄마는 대꾸도 없이 홱 돌아서서 방을 나가버렸다. 엄마가 나 때문에 무슨 일을 벌일 것 같긴 한데 지금은 도저히 모르겠다. 엄마 방을 뒤져봤다. 그나마 의심스런 물건은 어린이 심리학에 관한 방송통신대학 교과서뿐이었다. 그런 교과서론 날 이해할 수 없을 거예요, 엄마. 난 더 이상 어린이가 아니거든요!

창밖을 내다보았다. 길 건너에 사는 바크 부인이 설거지를 하면서 남편이랑 웃고 있었다. 바크 부부는 정말 행복해 보였다. 바크 씨가 하얀 조끼를 입고 있는 게 에러이긴 했지만.

게다가 그 조끼는 누렇게 변색되어 있다. 진실한 사랑은 눈이 멀어야 가능한가 보다.

기분 날아간다

대방이다! 만세! 하하! 대방이 아니라 대박이라고 써야 했는데!! 너무 신이 나서 잘못 쓰고 말았네.

피임약이 효과를 보려면 일주일 내내 복용해야 하는데 피임약 때문에 살이 찔 수 있단 얘길 어디서 듣고 베서니는 몹시 실망했다. 아, 그래, 역시 신은 있었어! 제발 베서니도 살이 좀 찌기를.

사실 난 어지간해선 이런 소원을 빌지 않는다. 내가 도저히 참을 수 없는 사람들한테도 잘 안 하는 짓이다.

길 건너 바크 부인이 날 잡아먹을 듯이 노려보다가 완전히 기분 나쁘게 주방 커튼을 홱 닫았다. 아, 걱정 마세요, 아줌마. 나도 아줌마네 집 들여다보고 싶지 않다고요.

3월 25일 토요일

마지막 동정녀

🕐 밤 11시 52분

볼츠에서 아주 재미나게 토요일 밤을 보냈다. 베서니는 그 예쁘장한 놈이랑 관계를 가지기 전에 살이 찔까 봐 두려워서 피임약을 먹지 않기로 했단다. 뚱뚱해지는 게, 나처럼 되는 게 무서웠겠지. 잘났다 그래.

나중에 나는 튀긴 소시지랑 한자리에 앉았고 핀의 여자친구가 와서 우리 자리에 합류했다. 핀의 여자친구는 참 괜찮은 애인데, 도대체 왜 핀이랑 사귀는지 모르겠다. 핀은 몸매가 잘 빠졌다는 것 말고는 쓸데없이 혼자 침울해하는 놈인 반면에 얘는 잘 웃고 밝다. 무화과의 여자친구인 둔탱이랑도 잘 지내는 것 같다. 둔탱이도 오늘밤 보석처럼 반짝였다. 내가 사람들을 있는 그대로 보지 못하고 오해하는 면이 있는 것 같아 걱정이다. 얼마 있다가 핀이 왔다. 핀은 주크박스로 〈호송대 Convoy〉란 노래를 틀었다. 70년대 시민 밴드 라디오에서 줄창 틀었던 노래다. 핀이 자리에 앉아 노래를 들으며 히죽대는 걸 보니 그 노래가 망할 럭비 문화랑 관계가 있는 모양이었다. 난 빈정대며 말했다. "노래 잘 골랐네, 핀. 아주 디제이가 되셔야겠어. 그럼 저 웅얼웅얼 투덜투덜대는 노래를 라디오 채널1에서 틀어댈 수 있을 테니 말이야." 이 말에 핀만 빼고 다들 와자하게 웃었다. 핀은 맥주잔에 대고 한숨을 쉬더니 나를 노려봤다. 그러게 감당 못할 거면 덤비질 말든가.

루크는 오지 않았다. 다행이었다. 오늘 나는 전혀 여성스럽지 않은, 낡아빠진 추리닝 윗도리를 입고 있었다.

베서니와 예쁘장한 놈은 저녁 9시쯤 슬그머니 펍을 빠져나가 그놈의 집으로 갔다. 아마 그걸 하러 갔겠지. 베서니는 오늘밤에 처녀 딱지를 뗄 거라고 했다. 또 한 명의 숫처녀가 사라지는구나. 주변을 둘러보니 숫처녀는 나뿐이었다. 난 남들에 비해 너무 뒤처져 있다. 얼굴도 열두 살 같고, 감정도 열두 살 같다. 몸집은 중년 부인 못지않지만. 나도 남들 같은 외모면 얼마나 좋을까.

🕐 새벽 2시 25분

엄마가 내 방 창턱에 메모를 올려놓았다. "바크 부인네 집 창문을 훔쳐보지 마. 네가 자기네 집을 빤히 들여다본다고 나한테 뭐라고 하더라."

그래, 베서니가 인생 최고의 주말을 보내는 동안 난 내 눈으로 창밖도 맘대로 보지 말라고 야단을 맞고 있구나. 젠장.

3월 28일 화요일

어느 멋진 날

🕐 저녁 7시 9분

안녕, 일기야. 오늘은 참 멋진 날이었어. 이거 빈정대는 투인 거 알지?

오후 내내 베서니가 처녀 딱지 뗀 애길 시시콜콜하게 늘어놓았다. 그 과정은 완벽했다고 했다. 그날 펍에서 나간 후 그놈은 베서니에게 치즈 샌드위치를 만들어줬고, 아버지의 주류 선반에서 브랜디 두 병을 가져왔단다. 그들은 소파에서 함께 브랜디를 마셨고 그는 베서니를 안아 올려 침대로 데려갔다. "허둥대다가 기둥에 머릴 부딪치더라니까." 그래, 베서니. 헛간 같은 그놈의 집에서 처녀성을 잃었다 이거구나. 그리고 그는 베서니의 옷을 벗겼다고 했다. 처음엔 좀 아팠지만, 두 번째 세 번째 네 번째 다섯 번째로 할 땐 아프지 않았다고 했다(여기서 베서니는 당혹스런 경험이라도 한 척 웃었다). 그리고 서로를 품에 안고 잠이 들었다는 것이다.

섹스를 하던 중에 콘돔이 찢어졌지만 문제는 없을 거라고 했다. "베서니, 그럼 사후피임약이라도 먹어야 해." "야, 질투하냐. 분위기 망치지 마." "그게 아니야, 베서니. 내가 《저스트 세븐틴》 잡지의 독자 질문란을 오 년째 읽고 있는데, 섹스

중에 콘돔이 찢어지면 사후피임약을 먹어야 한댔어." 베서니는 날 어른들의 사기 광고에 넘어간 어린애라며 놀렸다. 더는 말해도 소용없을 것 같아 그만두었다. 내일 베서니는 남친을 만나 피자를 먹기로 했단다. 그래, 사랑이겠지. 대단한 사랑. 베서니는 더 이상 처녀가 아니고 말이지.

하긴 '서로를 품에 안고 잠이 들었다'는 부분은 약간 질투 나긴 했다. 난 남자에게 알몸을 보이는 걸 상상조차 할 수 없다. 지난 육 년 동안 체육 시간이 끝나고 공용 샤워실에서 샤워를 한 건 딱 한 번뿐이었다. 이 육중한 몸을 쳐다보는 남들의 시선을 참을 수가 없었기 때문이다.

3월 29일 수요일

개나 줘

학교 안 가고 쉬는 것도 이제 슬슬 지겹다. 내 할 일도 안 하고 빈둥대면서 종일 텔레비전 앞에 앉아 〈정원 가꾸기〉, 〈레인보우〉 같은 똥 같은 프로그램이나 보고 있다.

밤에 베서니랑 볼츠로 같이 걸어갔다. 예쁘장한 놈이 베서니에게 목걸이를 줬는데 검은 끈에 은색 원반이 끼워진 허접한 물건이었다. 그놈은 대학에서 자기가 직접 만든 목걸이라고 했다. 한눈에 봐도 엉터리 장신구였다. 베서니도 나랑 같은 생각인 것 같았지만 기꺼이 그 목걸이를 목에 걸더니 남친의 머리를 쓰다듬으며 말했다. "부릉, 고마워." 난 웃음이 터져 나왔다! '부릉'은 베서니가 남친에게 붙인 애칭이었다. 그 남친이란 놈이 자동차 수리를 할 줄 안다는 이유로 말이다!! 내가 웃어대자 베서니는 나더러 질투 나냐고 했다. 난 대충 그렇다고 맞장구를 쳐줬다. 공식적으로 말하자면, '부릉'이란 애칭을 가진 남자친구는 줘도 싫다!

4월

April 1)

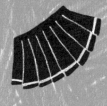

OASIS

4월 2일 일요일

만우절 장난

🕐 오후 12시 10분

어젯밤에 술을 꽤 마셨던 것 같다.

덕분에 여전히 숙취가 남아 있긴 하지만, 정말 대단한 밤이었다. 오후 4시쯤 테스코 앞에서 둔탱이를 만나, 몰타 출신 남자가 운영하는 스콧게이트 주류 상점으로 갔다. 둔탱이는 거기서 술을 살 수 있다고 했다. 그리고 다이아몬드 화이트 맥주, 라거 맥주를 큰 거로 한 병씩에다 리베나 주스도 한 병 샀다. (볼츠 펍이 저녁 7시는 돼야 문을 열기 때문에) 우린 강변 풀밭으로 내려가 술과 음료를 섞어 칵테일을 만들었다! 둔탱이는 자기 부모가 이혼한 얘기를 비롯해 이런저런 속 얘기를 털어 놓았다. 참 좋은 애다. 웃기도 잘 웃는다. 우린 거기서 놀다가 볼츠로 갔고, 친구들을 만나 신나게 밤을 불태웠다. 베서니 때문에 짜증이 좀 나긴 했다. 예쁜장한 놈이랑 함께 등장한 베서니가 나한테 다가와 말했다. "우리 잠깐 얘기 좀 해." 나를 데리고 위층으로 올라가 여자 화장실 앞에 나란히 앉은 후 베서니가 다시 입을 열었다. "아까 홀인더월에서 루크랑 얘길 했는데, 루크가 널 진심으로 좋아한대. 너랑 사귀고 싶다고 하더라." 난 너무 좋아서 죽을 것 같았다. 이대로 머리가 터지지 않을까 하는 순간 베서니가 말했다. "만우절 장난이지롱!" 내 눈에 눈물이 맺히는 걸 보고 글쎄…… 베서니도 장난이 지나쳤다는 걸 깨닫지 않았을까. 하지만 난 베서니에게 괜찮다고 했고, 아무렇지도 않은 척 웃었다. 아래층으로 내려오자 핀이 내게 물었다. "무슨 일 있어?" 하지만 대답할 수가 없었다. 짜증 나게 놀려댈 것 같아서였다. 나도 사람들한테 짓궂은 장난을 잘 치긴 하지만 이런 식으로 상처를 주진 않는다. 베서니는 지가 무슨 말빨 좋은 제러미 비들이라도 되는 줄 아는 모양이다.

맙소사, 아직도 가슴이 아리고 쓰리다.

4월 4일 화요일
얇은 벽 너머로

젠장. 베서니가 또 일을 냈다. 베서니는 생리가 늦어지고 있다며 임신일까 봐 잔뜩 겁을 집어먹었다. 처음에 난 무슨 말을 해야 할지 모르겠어서 가만히 있다가, 아무래도 낙태를 지지하는 '브룩스 상담센터' 같은 곳이 필요할 것 같다고 말했다. 《저스트 세븐틴》 잡지에서 독자들의 고민을 상담해주는 멜라니가 이런 문제에 관해선 브룩스 상담센터를 추천해주기 때문이었다. 물론 스탬퍼드엔 그런 곳이 없다. 베서니가 말했다. "딱 한 번뿐이었어. 딱 한 번이었단 말이야." 그때 내 머릿속에서 엄마의 목소리가 들렸다. '한 번이면 충분하지. 충분하고말고.' 베서니가 임신을 한 거면 정말 큰일이다. 낙태를 하거나 학교를 그만두어야 한다. 우리 학교는 임신한 여학생을 받아주지 않는다. 베서니는 제 배를 부여잡고 "임신이 맞는 거같아. 다들 느낌으로 알 수가 있대"라고 지껄였다. 나더러 임신검사기를 사다달라고 했다. 난 못한다. 그랬다간 누군가 엄마한테 일러바칠 테고, 엄마는 게슈타포처럼 날 달달 볶으며 심문할 거다. 베서니는 생리가 겨우 이틀 늦어진 것뿐이었다. 난 베서니에게 자꾸 걱정을 하면 일이 꼬이게 되어 있다고 말해주었다. 베서니는 임신일지도 모른단 말을 그 예쁘장한 놈에게 아직 하지 않았다고 했다. "부릉은 가벼운 연애를 원하거든." 가벼운 연애를 원하는 놈이라니, 그건 곧 그놈이 이 여자 저 여자랑 자고 돌아다니는 쓰레기란 뜻이다. 내가 이렇게 말했지만 베서니는 귓등으로도 듣지 않았다. 베서니가 보기에 그놈은 나쁜 남자고, 내가 보기엔 그놈은 등신 쓰레기다.

　　베서니는 이십 분 전에 집으로 돌아갔다. 베서니가 가고 난 후 엄마가 곧장 내 방으로 들어와 물었다. "베서니한테 무슨 안 좋은 일 있다니?" 대답을 하지 않자 엄마가 말했다. "많이 속상한 일이면 제 엄마한테 털어놓을 것이지." 엄마가 내 방 앞에서 엿듣고 있었던 게 분명하다. 다 들어놓고 뭘 묻는 거야. 짜증 나. 이 집은 벽이 너무 얇다. 나 역시 이 얇은 벽 때문에 이 집에서 온갖 얘길 다 들었다. 부모님이 이혼할 때도 벽 너머로 들어 이미 알고 있었다.

귀걸이

🕐 오전 7시 17분

자다가 눈이 떠졌다. "왜 이렇게 불편하지?" 침대 안을 훑어보니 엉덩이 밑에 베서니가 흘리고 간 커다란 귀걸이가 놓여 있었다. 베서니는 이 집에 있지 않을 때도 날 참 힘들게 만드는구나.

🕐 밤 9시 23분

난 이 상황을 이해하려 애를 쓰면서, 모트에게 전화를 걸어 베서니 일을 털어놓았다. 모트는 이런 얘길 어디 가서 떠벌릴 애가 아니니까. 모트는 베서니가 임신한 것 같진 않고 그냥 호들갑을 떨어대는 것 같다고 말했다. 그리고 부릉이 상등신이라는 내 의견에 동의했다. 모트랑 통화를 끝낸 후 베서니에게 전화를 걸었다. 베서니는 전화기가 거실에 있는데다 엄마가 〈코로네이션 스트리트〉라는 텔레비전 드라마를 보고 있어서 나랑 제대로 통화하기가 힘들었고 그저 단답형으로밖에 대답을 할 수가 없었다. 베서니는 임신한 것 같단 생각을 포기하지 않았다. 내일은 임신검사기로 검사를 해볼 작정이라고 했다.

베서니가 가엾다. 툭하면 내 기분을 망쳐놓긴 하지만 좋은 친구다. 게다가 난 사람들과 사이가 틀어지는 게 싫다. 불편한 분위기도 질색이다.

4월 6일 목요일
임신검사기

🕐 밤 11시 2분

베서니는 임신이 아니었다. 너무 다행이다. 베서니는 집에서 해보기가 겁난다며 레드 라이언 스퀘어에 있는 화장실에서 임신검사기로 검사를 했다! 그러고 나서는 예쁘장한 놈 부모님 침실에 딸린 욕실 바닥에서 섹스를 하느라 등이 빨갛게 되었다며 제 등을 보여주었다. "카펫이 너무 얇더라"라는 말과 함께. 그다음은 옷 불평을 늘어놓았다. 엄마가 학교에서 프랑스 발디제르 스키장으로 여행을 갈 때 외투를 사준 게 마지막이었다고, 심지어 별로 좋은 브랜드도 아니었다고 말이다.

맙소사, 내 삶은 왜 이렇게 지루할까. 이 방에서 감자칩을 먹으며 텔레비전으로 다른 사람들의 인생이나 들여다보고 있다. 나도 남자친구가 있으면 좋겠다. 나도 현실에서 저런 드라마를 찍고 싶다.

아, 처량 맞게 굴지 말자, 레이. 열 받는다.

4월 8일 토요일

별자리 운세

🕐 오후 4시 10분

오늘 아침에 엄마는 편지 한 통을 받았다. 그 편지를 읽더니 6월에 남편을 만나러 모로코로 가겠다고 선언했다. 그건 곧—

이 집에서 난 자유라는 거다!!!

와, 대박!!!!

게다가 마침 여름방학이 시작되는 첫 주에 출발하겠다고 한다!! 좋았어!!

뭔가 좀 이상하긴 하다. 엄마는 속상한 얼굴이다. 그보다 화가 난 표정이라고 해야 하나. 평소 엄마는 편지를 읽고 나면

벽난로 위 선반의 시계 뒤에 아무렇게나 놔두곤 했는데 이 편지는 곧장 자기 가방에 집어넣어서 볼 수가 없었다. 오랜 세월 엄마랑 살아온 내 판단으론, 뭔가 안 좋은 일이 생긴 거다.

이따가 둔탱이랑 펍에 가기로 했다.

내 별자리 운세를 읽어보니 이렇게 나와 있다. '혼란스런 상황에 정면으로 부딪쳐라. 12일에는 현금이 부족할 것이다' 내가 언제 현금이 안 부족한 날이 있었나?

4월 18일 화요일
모두 **다이어트**를 한다

오늘 학교는 완전 악몽이었다. 다들 시험 때문에 난리가 났고 바뀐 시간표를 서로 비교해보는 애들도 많았다. 난 이미 할 일을 다 해놓았다. 허둥대봤자 꼴만 우습지. 옥스퍼드 대학교나 케임브리지 대학교에 진학할 애들은 (물론 거기 갈 생각도 능력도 없는 난 빼고) 예상했던 점수가 안 나오면 인생이 끝장나기라도 하는 줄 아는 모양이다. 모트도 케임브리지에 지원할 거라고 한다. 붙었으면 좋겠다. 모트가 케임브리지에 들어가면 사람이 달라지고 우리 우정에도 금이 갈까? 그렇지 않았으면 좋겠다. 케임브리지에 다니면 대개 거만하게 변한다는데.

점심 급식으로 미네스트론 수프가 나왔다. 어쩌자는 건지 모르겠는데 꼭 그릇에 지저분한 음식 찌꺼기를 담아놓은 모양새다. 다들 다이어트를 하고 있다. 데이지는 하루에 땅콩버터 롤빵 하나로 버틴다. 등 쪽에 살이 쪄서 그렇다는데, 몸의 다른 부위에 비하면 살이 좀 있다는 것이지 별로 대단하지도 않다.

난 남자들, 섹스에 대해 베서니와 수다를 떨었다. 베서니는 내가 제일 두려워하던 걸 확인시켜주었다. 뭐, 그렇다기보단 어쨌든 걱정되던 부분이긴 했다. 남자애들이 날 보면 움츠러든다는 것이다! 내가 그들을 위축시킨다나. 베서니 얘기로는, 내가 감당하기 힘든 여자라 그렇다고 했다. 기운이 빠져서 더는 못 쓰겠다. 제기랄.

4월 19일 수요일

데이지의 **땅콩버터 롤빵**

🕐 저녁 6시 20분

오늘 우린 학교 휴게실에서 데이지가 그 귀한 롤빵을 먹는 엄청난 광경을 목격했다. 먼저 땅콩버터를 조금씩 혀로 핥고, 손가락으로 빵에 묻은 가루를 찍어 먹은 다음, 빵을 조금씩 떼어서 입에 넣고 오물오물 씹었다. 처량 맞기가 말로 다 할 수 없는 지경이라 쳐다보고 있자니 내 식욕마저 떨어졌다. 조지아 맨턴이 데이지 코앞에서 쇠고기 바비큐 맛 홀라홉스 과자를 먹고 있었는데 참 잔인했다. 데이지는 "솔직히 나 별로 배 안 고파"라고 했지만 바로 앞에서 누군가 쇠고기 바비큐 냄새를 풍겨대면 군침을 흘릴 수밖에 없는 것이다.

난 다이어트를 못할 것 같다. 감자칩, 바비큐, 초콜릿, 프리뮬러 치즈가 없는 삶은 상상도 못하겠다.

4월 20일 목요일

루크와 사귈 가능성

미트 로프의 〈미친 듯이 빨리Bat Out Of Hell〉를 듣고 있다. 허접하고 코딱지만한 마을에 갇혀 사는 나 같은 불쌍한 중생들을 위해 만들어진 노래다. 여긴 죽음을 불사하고라도 절박하게 벗어나고 싶은 곳이다.

솔직히, 그렇게 절박하진 않지만 가끔 그런 기분일 때가 있기는 하다.

데이지는 오늘 다이어트를 포기하고 엔젤 휩 아이스크림을 두 그릇이나 퍼먹었다. 엔젤 휩은 학교 측에서 엔젤 딜라이트 아이스크림을 흉내 내서 급식으로 내놓는 싸구려 아이스크림이다. 엉덩이에 살이 뒤룩뒤룩 찌는 걸 감수하면서까지 그 맛대가리 없는 아이스크림을 퍼먹는 데이지를 보고 있자니 내 기분이 묘해졌다.

믿거나 말거나 어느새 내일은 금요일이다. 주말에 볼츠 아니면 홀인더월 중 한 군데에만 짱 박혀 있으면 루크를 만날 가능성이 그만큼 적어지겠지. 하지만 그다음에 큰 파티가 열리게 되면 어차피 또 보게 될 거다. 도대체 왜 난 루크를 좋아하는 마음을 초장에 잡아 없애지 않았던 걸까?

나랑 루크가 사귈 가능성은 탄광노조위원장 아서 스카길이 마거릿 대처 총리와 사귈 가능성만큼이나 적다. 적은 정도가 아니라 아예 없다.

4월 21일 금요일

로맨스 중간 결산

🕐 저녁 6시 47분

난 1989년을 살아가고 있다. 올해 참 많은 것들이 변했다. 자, 여러분, 내가 올해에 로맨스와 관련해서 어떤 점들을 알게 되었을까요?

1〉 은밀한 유혹은 가벼운 대화부터 상대의 다리, 팔, 무릎, 목, 귀를 어루만지는 행동까지 전부 포함된다.

2〉 예전에는 오십 년 이상 함께 산 부부들만 프렌치 키스를 할 수 있다고 여겼지만(그야말로 구닥다리 사고방식), 이제는 다들 프렌치 키스쯤은 아무렇지 않게 생각한다.

3〉 남자들은 상대에게 압도당하거나 위축당하는 걸 안 좋아한다.

4〉 남자들은 여자가 자기랑 결혼하고 싶단 말을 하면 싫어한다.

5〉 나도 가벼운 로맨스 정도는 할 수 있다.

6〉 한 명에게 푹 빠지는 건 그리 좋은 생각이 아니다.

어쨌든 5월에는 로맨스 건수를 올릴 만한 중요한 날들이 있다.

- 5월 7일 – 스콧게이트 펍에서 큰 파티가 열린다. 지가 하워드 존스나 되는 줄 아는 스탬퍼드 학교 남학생이 디제이를 맡는다. 음악은 구리겠지만 다들 그 파티에 참석할 거다. 스콧게이트는 두 살배기도 술을 사마실 수 있을 만큼 규제가 헐렁한 곳이니까.

- 5월 12일 – 이날 파티엔 초대를 못 받을 것 같은데, 인맥을 어떻게 이용하느냐에 달려 있긴 하다.

아마 루크는 이 두 파티에 다 참석할 거다. 베서니가 내 방에 와 있어서 생각에 집중을 못하겠다. 일기를 나중에 다시 써야 할 듯. 베서니가 기침을 해댄다. 담배를 너무 많이 피워서다. 베서니는 담배 덕에 자기가 살이 찌지 않는 거라고 말한다.

난 LL 쿨 J의 노래 같은 사랑을 원한다.

그게 베서니의 기침 소리와 무슨 상관인지는 나도 모르겠다.

4월 25일 화요일

잘 알지도 못하면서

🕐 오후 5시 58분

오늘 학교에서 진로 상담을 했다. 다들 대학 안내서, 팸플릿, 그리고 희망을 안고 제6과정 구역 쪽으로 총총 모여들었다. 나도 가서 상담을 받았다. 선생님이 나중에 무슨 일을 하고 싶으냐고 물어서 난 (재미있고 예쁜) 캐런 키팅 같은 텔레비전 프로그램 진행자가 되고 싶다고 대답했다. 선생님은 어정쩡한 표정으로 말했다. "일단 대학에 가서 학위를 받으렴. 그럼 순조롭게 시작할 수 있을 거다." (왜요???!!!)

그러더니 군대에 가는 건 어떠냐고 제안했다!!

왜요? 왜? 도대체 왜?

난 일찍 일어나는 것도 싫고, 누가 나한테 소리 지르는 것도 싫고, 머리를 짧게 자르는 것도 싫다. 이 사람들은 나란 인간을 정말 알기는 하는 걸까? 내 인생에 신경이나 쓰는 걸까?

4월 26일 수요일

개가 짖는다, 왈왈

🕐 밤 9시 20분

맙소사. 엄마까지 군대가 나한테 잘 맞을 것 같단다. 무슨 소릴 하시는 거예요??? 어떻게 이래! 내가 군대에 소질이 있어 보여요? 살에 닿기만 해도 근질거릴 것 같은 군복을 입고 행진을 하라고요? 난 지난 육 년 동안 여학교를 다니면서 여자애들한테 둘러싸여 살았는데, 또 여자밖에 없어 레즈비언 분위기가 물씬 풍기는 여군에 입대하라고요? 됐거든요.

내가 뚱뚱하고 돈도 없고 정신도 나간데다 시끄럽기까지 하니까 사람들이 날 우습게 본다. 어쩌면 내 머릿속에 획기적인 암 치료 방법이 있을지도 모르는데, 그런 건 다 필요 없고 평생 감색 군복이나 입고 남들 명령이나 따르면서 살라는 거다.

개소리들 마세요. 됐거든요. 난 나의 길을 갈 거예요. 난 독립적인 인간이니까.

내일 입을 셔츠를 다림질해 가지고 내 방으로 들어온 엄마가 말했다. "지금 너의 선택이 너의 미래를 만드는 거야." 아 그래요? 지금까지 한 번도 그런 생각을 못해봤네요.

이 사람들은 날 무뇌아로 보는 걸까?

공부가 되질 않는다. 더 큐어의 노래나 들으면서 나란 존재를 잊어버리자.

🕐 밤 11시 8분

거짓말했다. 실은 더 큐어가 아니라 글로리아 에스테판의 노래를 들었다. 심하게 감상적이긴 하지만 어쩐지 참 좋다.

4월 29일 토요일

구토 따윈 하지 않겠다

🕐 밤 11시 50분

밤에 베서니랑 시내에 갔다가 여자친구랑 차에 있는 루크를 봤다. 둘은 진한 키스를 하고 있었다. 가슴이 너무 아팠다. 그래서 손가락으로 V자를 만들어 그에게 소리 없이 욕을 해주었다. 내 속이 뒤집혔다는 걸 루크도 느낌으로 알았던 걸까. 알았던 게 분명하다. 그 역시 내게 V자 욕을 하면서 미소를 지었으니까. 집으로 돌아온 나는 스펀지 핑거 과자 봉지를 뜯어 반이나 먹어치웠다. 특별히 그 과자를 좋아해서가 아니라 식품저장실에 그것밖에 없었다. 스펀지 핑거를 입에 꾸역꾸역 집어넣었더니 기분이 많이 좋아졌다. 난 구토 따윈 하지 않는 폭식증 환자다.

5월

May))

5월 1일 월요일

여전히 난 뚱보다

🕐 밤 10시 15분

시간이 잘도 흐른다. 내가 지금 다이어트를 하고 있게, 안 하고 있게? 난 성격을 바꾸고 싶지 않다. 그런데 사람들은 체중이 줄면 성격이 바뀌기도 한다. 그건 내가 고수하는 원칙에 위배된다. 바로 '외모보다 성격이 중요하다'라는 원칙. 다음 주까지는 지금 모습을 유지할 예정이다. 주말에 결판을 내야지. 주말이 끝나는 순간까지도 남자친구를 못 만들면 (가급적 루크면 좋겠지만) 다이어트를 할 작정이다.

문제는 다음 주 금요일 학교 급식이 초콜릿 퍼지 푸딩이라는 것. 그럼 다이어트는 불가능하다. 아무래도 6월 초부터 해야 할 듯하다.

뚱녀로 사는 데 진절머리가 나지만 원칙을 깨고 싶진 않다. 그저 포옹과 진한 키스, 애정을 줄 대상이 필요할 뿐이다. 난 별난 인간이 아니다. 누군가에게 포옹을 받고, 만사가 다 잘 풀릴 거란 얘기를 듣고 싶어 하는 평범한 인간일 뿐이다.

일기 제1권이 거의 절반 정도 채워졌다. 그동안 온갖 일들이 일어났다. 지난번 일기장에는 별다른 내용이 없었는데 이번 일기장에는 어마어마한 이야기가 가득 담겨 있다.

뭐…… 딱 한 번이지만 진한 키스를 했던 일도 적혀 있다. 사실은 그게 전부다. 어마어마한 내용이 잔뜩 들어 있다는 말 취소. 내겐 아무 일도 일어나지 않았다. 여전히 남자친구 없는 뚱보다. 어쩌면 이리도 한결 같은지.

오후에 《닥터 지바고》란 영화를 봤다. 해피엔딩이 아니어서 좋았다. 좀 더 현실감이 있달까.

이기적인 암소의 스튜

🕐 밤 10시 25분

방금 전에 엄마가 내 방으로 올라와, 압력솥에 남아 있던 스튜를 왜 다 먹었냐고 물었다. "배가 고파서요." 내 대답에 엄마는 '이기적인 암소 같은 잡년'이라고 했다. 이 문장은 앞뒤가 맞지 않을 뿐만 아니라 얼빠진 헛소리다. 난 남은 스튜가 엄마 것이었는지도, 엄마가 저녁을 안 먹었는지도 몰랐다. 남은 스튜를 먹어치우잔 생각뿐이었다.

스튜를 좀 더 끓여서 먹으면 되는 거 아닌가? 난 엄마에게 쉬운 화풀이 대상이었던 거다. 엄마뿐만 아니라 다들 내게 화풀이 삼아 고함을 지른다. 신물 난다. 스튜의 고기도 더럽게 맛이 없는 게 꼭 신발 씹는 맛이었다.

5월 4일 목요일

감자튀김엔 **안** 넘어가

🕐 저녁 7시 7분

엄마가 조금 전에 일어났다. 엄마는 사과 따윈 하지 않는다. 대신 제안을 했다. 허구한 날 읊어대는 "여기서 나랑 살기 싫으면 가서 네 아빠랑 살아"라는 지긋지긋한 제안. 물론 난 이 제안을 받아들일 수 없다. 엄마는 아빠가 몇 년 전 양육권을 심리하는 자리에도 나타나지 않았다고 했다. 아빠가 날 원하지 않는다는 걸 나도 잘 안다. 게다가 아빠가 사는 곳은 입스위치 마을이다! 입스위치가 있는 서퍽 주는 링컨셔 주보다 훨씬 구리다.

내가 "바보 같은 소리 말아요"라고 하자 엄마는 "감자튀김 사러 갈 건데 너도 먹을래?"라고 물었다. 내가 "아뇨, 됐어요. 내일 학교 급식에 감자튀김 나와요"라고 거절하자 엄마는 문을 닫으면서 말했다. "전에는 그런 걸로 감자튀김을 마다하지 않더니만." 그래요, 이제 난 그런 이유로 감자튀김을 마다한답니다. 살을 빼서 남친이 생기면 저녁마다 이 집에 앉아 있지 않아도 되거든요. 남친이랑 놀겠죠. 남친을 쪽쪽 빨면서요.

5월 7일 일요일

지긋지긋한 **잔소리**

🕐 늦은 시각

펍에서 공연을 즐기다가 방금 집에 돌아왔다. 엄마가 쪽지를 남겨놓았다.

레이첼,

여긴 호텔이 아니라 내 집이야. 밤 10시 전까진 집에 들어와 있으라고 했는데, 지금 이 쪽지를 쓰고 있는 시각이 밤 10시 45분이구나. 여분을 하나 만들어야 하니까 현관 열쇠를 주방에 두렴. 여름 아르바이트 자리는 알아봤니?

아, 지겨워. 쪽지의 단어들이 살아 있는 잔소리가 되어 온 집 안에 가득 퍼져 있는 기분이다.

그래도 뭐 오늘 저녁은 그럭저럭 양호한 편이다. 내 몸무게에 대해 지껄인 멍청이가 한 명뿐이었으니까. 그놈은 내가 박수 치는 모습이 꼭 바다코끼리 같다고 했다. 바다코끼리가 아니라 바다사자겠지. 그 외에는 쭉 혼자 있었다. 솔직히 말하면 주변에서 사람들이 이런저런 얘기를 떠들고 있었지만 음악소리가 워낙 커서 잘 들리지 않았다. 매일 오늘만 같아라.

그리고 루크를 봤다. 물론 아무 일도 일어나지 않았다.

그런데 말이야, 일기야. 오늘 내가 루크랑 엮여서 무슨 일이 있었으면, 지금 내가 너한테 바다코끼리 얘기 따위나 하고 있겠니?

5월 8일 월요일

해리의 비밀

오늘 학교에선 어젯밤 공연에 대한 얘기가 단연 화제였다. 어젯밤 공연은 정말 끝내줬다. 평소 스콧게이트 펍의 안목을 별로 높이 평가하지 않았고, 남학생들이 들려주는 음악이야 뻔할 거라고 생각했는데 내 생각이 완전히 틀렸단 게 어젯밤 증명됐다. 둔탱이랑 같이 스콧게이트에 가서 튀긴 소시지랑 핀이랑 핀의 여친, 무화과랑 베서니를 만났다. 스콧게이트 펍으로 들어가 술을 주문하는 데도 아무 문제가 없었다. 바에 앉으니 브라우니단(일곱 살에서 열 살 또는 열한 살까지의 소녀들로 구성되는 걸스카우트—옮긴이) 모임 같아 보이긴 했지만. 미스테론즈 그룹이 제일 먼저 연주를 했다. 주로 바우하우스의 노래들을 불렀고, 5학년 여학생들이 무대 근처에서 아무렇게나 춤을 추었다. 다음 차례는 스탬퍼드 남학생이 하워드 존스를 기리며 부르는 노래였는데 다들 흠뻑 빠져들었다. 하워드 존스가 그 자리에 온 줄 알았다. 몰래 바람을 피운 전 여자친구에 대한 노래인 〈있는 그대로 받아들여Take It as Read〉를 두 번 불렀는데 다들 후렴을 따라했다.

모든 얘길 다 들었으면

있는 그대로 받아들여

넌 네가 한 짓을 후회하게 될 거야.

떼창을 하는 걸 보니 얼마나 많은 사람들이 같은 경험을 했는지 느껴졌다.

공연이 끝나자 다들 펍에서 이리저리 돌아다니며 시간을 보냈다. 루크는 내 옆을 지나면서 (오늘 저녁 그는 정말 멋졌다) 안녕, 하고 인사를 하고는 여친을 데리고 어딘가로 사라졌다. 뜬금없이 망할 핀이 해리에 대한 얘기를 꺼내며 괴상하기 그지없는 대화를 시작했다.

핀　　**해리가 너랑 사귀었던 게 뭔가를 증명하기 위해서였단**

125

거 알고 있지?

나　증명하다니 뭘?

핀　그 녀석 게이란 소문이 있었잖아. 게이가 아니란 걸 증명하려고 너랑 사귀었던 거라고. 거기다 네가 너무 잘해줘서 많이 미안했대. 그리고…….

나　그런 얘길 네가 왜 하는 건데?

핀　그냥 내 생각엔 네가…….

나　아니, 그건 네가 남에 대한 배려라곤 눈곱만큼도 없는 멍청한 새끼라서 그래.

핀　쳇, 엿이나 먹어.

나　너나 처먹어.

나는 그 자리를 박차고 일어나 나갔다. 튀긴 소시지가 핀은 나를 좀 더 알고 싶어서 말을 붙인 것뿐이라고 뒤에서 소리쳤다. 아니, 그런 게 아니었다. 핀은 내 속을 뒤집고 싶었던 것뿐이다. 그것도 모를 줄 알아.

핀의 말대로라면 해리는 날 무슨 도전과제쯤으로 생각했다는 거다. 개새끼. 잘 들어, 난 도전과제가 아니야. 난 그 정도 급도 안 돼. 난 해리랑 키스했다는 사실도 잊어버릴 거다. 그건 진한 키스도 아니었으니까 키스로 칠 수도 없다. 진짜 키스가 아니었다. 해리, 난 널 잊기 위해 에이레벨 시험에나 전념할란다. 그래야 기운이 날 것 같다. 유일하게 나랑 사귀려 했던 남자가 동정심 때문에 날 만난 거라니. 재수 없는 새끼!!! 짜증나. 완전 짜증 나!!

튀긴 소시지는 어제 잔뜩 화가 났단다. 내가 핀한테 못돼먹게 굴었기 때문이라나. 베서니는 나더러 "네가 분위기를 깼잖아"라고 했다. 나는 아직 어리니까 내 마음 내키는 대로 해도 된다. 튀긴 소시지는 멋진 놈이지만 난 그 녀석하고 사귈 생각은 없다. 난 오직 루크의 진심어린 마음을 원한다!

5월 11일 목요일

모두의 첫 경험

🕐 오전 11시 23분

4번 학습실에서 일기를 쓰고 있다. 어젯밤엔 펍에서 분위기가 별로 좋지 않았다. 베서니가 남친인 부룽이 너무 한심한 놈이라서 차버려야 될 것 같다고 말했기 때문이다. 내가 부룽을 별로 안 좋아하긴 하지만 안됐다는 생각도 든다. 어젯밤에 부룽은 베서니가 볼츠 펍에 있는 시간을 귀신같이 알고 딱 맞춰 찾아왔다. 커다란 하트가 그려진 돼지 인형을 손에 들고서 (베서니가 돼지 인형을 수집한다). 그는 베서니에게 달려가 돼지

인형을 건네주고 옆에 거머리처럼 딱 달라붙었다. 다가올 이별을 예감했던 거겠지. 베서니가 강변 풀밭에 가서 얘기 좀 하자며 부릉을 데리고 나갔다.

튀긴 소시지와 나는 베서니가 돌아오길 기다리며 앉아 있었다. 튀긴 소시지는 잘 웃고 재미난 녀석이다. 우린 에이레벨 시험에 대한 얘기, 음악 얘기, 나중에 그가 어떤 대학에 가고 싶은지에 대한 얘기 등을 했다. 그러다 보니 둘 다 더스티 스프링필드의 〈증명된 건 아무것도 없어Nothing Has Been Proved〉와 스팬다우 발레 그룹의 노래를 남몰래 좋아하고 있다는 것도 알게 됐다. 그는 주크박스에 동전을 넣고 스팬다우 발레의 〈바리케이드를 돌파해서Through the Barricades〉를 틀었다. "레이, 이건 우리의 노래야. 우린 황무지에서 맥주를 마시고…… 바리케이드를 통과하는 거야." 너무 웃겼다. 나는 배꼽이 빠지게 웃었다!

마침내 베서니가 눈물범벅이 되어 돌아왔다. "너무 너무 너무 힘들었어. 그 새끼 완전 막장으로 가더라." 부릉이 베서니에게 '더러운 걸레', '쌍년'이라고 욕하면서 엉엉 울며 가버렸단다. 튀긴 소시지는 남자들이 심하게 상처를 받으면 원래 그런다고 했다. 이 말에 얼굴이 확 밝아진 베서니는 나중에 집으로 돌아갈 때까지 튀긴 소시지와 첫 경험 얘길 떠들었다. 옆에서 들어보니 튀긴 소시지는 캐슬 바이탐 마을의 어느 골목에서 동정을 잃었다고 했다. 나는 섹스 얘기가 나오면 늘 그렇듯 화장실에 간다고 하고 자리에서 일어섰다. 그래야 '넌 어땠어, 레이?'라는 질문을 피할 수 있기 때문이다.

어젯밤에도 루크는 나오지 않았다. 경제 과목 시험 때문에 걱정이 많은 모양이다. 금요일이나 토요일엔 나왔으면 좋겠다. 얼굴이라도 좀 보게.

5월 12일 금요일

네가 뭘 안다고

🕐 밤 11시 50분

오늘 저녁, 펍에서 꽤나 충격적인 상황이 벌어졌다. 베서니랑 같이 앉아서 친구들이 오길 기다리고 있는데 부릉이 펍으로 들어온 것이다. 부릉은 다짜고짜 베서니에게 소리쳤다. "야, 이 개 같은 년아! 마약쟁이년! 똥걸레년!" 베서니가 무시해버리자 그는 우리 테이블로 와서 계속 악을 썼다. "도대체 누구야? 누구 때문에 날 버려? 말하라고! 당장 말해!" 때마침 튀긴 소시지가 친구들을 몰고 펍으로 들어왔다. 그는 부릉의 한쪽 팔을 잡으며 말했다. "자, 이제 그만 나가자." 무화과도 다가와 부릉의 다른 쪽 팔을 잡았다. 그렇게 둘은 부릉을 끌고 펍에서 나갔다.

　이번에 베서니는 눈물을 흘리지 않았다. 분노했다. 한편으로는 이 상황을 즐기는 것 같기도 했다. 누가 안 그러겠냐? 튀긴 소시지와 무화과가 보디가드처럼 멋지게 등장해 자길 지켜줬는데. 핀은 그들을 거들지 않고 테이블에 앉아 중얼거렸다. "나도 다 겪어봤어. 저놈 기분이 어떨지 알아." 알기는 개뿔. 핀, 네가 어떻게 알겠냐. 자신이 똥처럼 느껴지고 몸뚱어리가 혐오스럽고 완전히 혼자인 기분이 어떤지 네가 알 리가 없잖아. 넌 근사한 몸을 가진 스포츠맨인데. 쥐뿔도 모르면서 남의 기분을 이해하는 척하는 인간들이 제일 싫어. 콧대가 한두 번은 꺾여야 너도 사람이 될 텐데. 언젠가 한 번은 내가 널 꺾어주마.

　루크가 왔다. 그는 우리 자리로 와서 잠깐 얘기를 하고 제 여친이 있는 자리로 갔다. 난 루크의 여친을 쳐다보지 않았다. 가슴이 너무 아파서였다. 나중에 보니 둘이 말다툼을 하는 분위기였다. 튀긴 소시지는 저 둘의 관계가 요즘 불안해 보인다고 했다. 아, 제발 그 말이 사실이기를…… 그리고 루크가 나처럼 육덕진 여자를 은밀히 마음에 두고 있기를 빌어본다.

자석 같은 나

🕐 새벽 12시 35분

쓸 내용이 무지하게 많다. 잊어버리기 전에 빨리 쓰자!

펍에 갔는데 짜증이 마구 솟구쳤다. 난 어디에도 속하지 않는 사람인 것 같아 몹시 외로웠다. 베서니는 남자 없이 살려니 너무 우울하다며 헛소릴 지껄여댔다. 남친이랑 헤어진 지 얼마나 됐다고. 다행히 둔탱이가 남자놈들을 데리고 펍으로 들어와 우리는 신나게 웃으며 얘기를 나눴다. 난 둔탱이가 참 좋다. 둔탱이는…… 음…… 망할 베서니년처럼 은근히 남의 뒤통수를 치는 짓은 하지 않는다. 내가 뭘 먹고 있을 때마다 베서니는 "그걸 꼭 먹어야겠니?"라고 말하는데 아주 진절머리가 난다.

베서니 따윈 잊어버리자, 빌어먹을.

지금은 이 얘기가 더 중요하다.

오늘 저녁에 루크는 펍에 오지 않았고 루크의 여친만 왔다. 우린 제대로 얘기를 나눠본 적도 없는 사이인데, 루크의 여친은 불쑥 내게 걸어와 말했다. "야, 레이, 우리 깨졌으니까, 루크 너나 가져." "뭐라고?" "레이, 네가 루크 좋아하는 거 모르는 사람 아무도 없어. 우리 끝났으니까 이제 너 좋을 대로 하라고. 그리고 난 너한테 나쁜 감정은 없어." 이유는 모르겠지만 난 부정했다. "됐어. 관심 없어." 그러자 걔는 싱긋 미소를 짓더니 가버렸다. 맙소사. 맙소사!! 튀긴 소시지는 루크가 누군가를 마음에 두고 있는 것 같다고 했다. 감히 바라지 않으련다. 하지만 나라면 정말 좋겠다. 나여야만 한다! 설마?! 베서니가 말했다. "아, 그렇구나. 너한테 남친이 생기면 난 이제 여기 혼자 앉아 있어야겠네." 그래도 베서니는 다음에 루크를 만나면 날 위해 그의 속내를 알아봐 주기로 했다.

다음 주엔 일기에 루크에 관한 일을 잔뜩 쓸 수 있겠지. 이번만은 제발 잘되길!

집으로 가는 길에 감자튀김을 사먹었다. 제기랄. 나 때문에 루크가 여친이랑 깨진 거면 나도 여자로서 아주 형편없진 않은 모양이다.

🕐 오후 5시 18분

세상에 맙소사. 조금 전 부룽이 우리 집으로 찾아와 왜 베서니한테 차였는지 모르겠다며 나한테 이유를 아느냐고 물었다. "있잖아, 부룽. 그냥 너랑 걔랑 잘 안 맞은 것뿐이야. 네가 형편없는 놈이라서가 아니라." "조심해, 레이. 베서니는 징그럽게 못된 년이야. 걔가 너에 대해 무슨 말을 지껄이는지 네가 들었어야 하는데." 그는 이렇게 말하고는 아버지의 볼보를 몰고 떠났다.

　워낙 내 앞에서도 막말을 서슴지 않는 베서니이니 나 없는 데서 더 못된 소릴 지껄였을 것 같지는 않다. 그래도 내 앞에서 개소릴 하면 적어도 어디서 그러고 있는지 안다는 장점이 있다.

🕐 저녁 7시 20분

　아마 베서니는 날 '뚱뚱한 쌍년'이라든지 뭐 그렇게 불렀을 거다.

🕐 밤 11시 25분

　펍에 갔다 왔다. 완전히 열 받았다. 난 남자를 좋아하거나 마음에 품으면 잘해주기보단 심하게 장난을 치고 놀려대는 편이다. 도대체 왜 그럴까?? 펍에서 루크가 나랑 베서니가 앉아 있는 자리로 왔을 때도 난 이렇게 말했다. "여어, 루크. 줄무늬 셔츠가 아주 환상적이다 야. 그거 입고 야머스 시엔 가지 마라. 얼룩말인 줄 알고 누가 네 등에 올라타겠다." 별로 웃긴 농담도 아니었다. 내가 왜 그런 말을 했을까?

　루크는 에이레벨 시험이며 이런저런 일들에 관해 잡담을 좀 나누다가, 공부를 더 해야겠다며 집으로 돌아갔다. 우린 그의 여친에 대해선 입도 뻥끗하지 않았다. 그래도 베서니가 절

묘하게 나서서 월요일 점심시간에 커피나 마시자며 루크와 약
속을 잡았다. 날 위해 루크의 속내를 좀 더 자세히 캐보겠다는
것이다. 부릉 일로 속이 꽤 상해 있을 텐데도 날 위해 나서주
다니, 이럴 땐 베서니가 참 좋다.

　　남자들이 주변에 있으면 신경이 곤두서는 내가 정말 싫다.

자석 같은 나

난 마치 자석처럼

좋아하는 남자들을 멀찍이 밀어내지

내가 너에게 고약하게 군다면

그건 아마도

널 좋아하기 때문일 거야.

정신과 의사들은 그걸 '방어기제',

'심리적 추락을 막기 위한 장치'라고 말하지.

나의 벽은 베를린 장벽처럼

아무도 넘지 못해.

5월 15일 월요일

넬슨 만델라와 초코칩

🕐 저녁 6시 19분

저녁 내내 베서니와 통화를 하려고 집과 공중전화 박스를 오갔다. 오늘 오후에 베서니가 루크와 커피를 마셨기 때문이다. 공중전화 박스를 한 오십 번은 오간 것 같은데, 전화를 할 때마다 베서니네 엄마는 베서니가 아직 집에 안 왔다고 했다. 학교에서는 모트랑 얘기를 나눴는데, 모트는 자기 일처럼 흥분하면서 나랑 루크 관계가 어쩐지 잘 풀릴 것 같다고 했다. 하지만 "남자들은 이상해서 전혀 예상치 못한 행동을 하기도 해"라며, 지나치게 큰 기대를 갖진 말자고 덧붙였다. 모트 말이 맞다. 그래도 어쩐지 잘될 것 같다는 생각이 자꾸만 든다.

62929번 공중전화 박스에서 집으로 가는 길에 '월즈 피스트'라고 하는 초코맛 하드를 사먹었다. 아이스크림 속에 초코칩이 든 하드인데 작년 여름과 비교하면 초코칩 양이 심하게 줄어들었다. 참을 수가 없었다. 당장 엄마의 타자기를 빌려 하드 회사로 편지를 써 보냈다. 초코칩 양을 야금야금 줄여 소비자를 우롱하는 짓 따윈 하지 말라는 내용이었다. 난 내가 옳다고 믿는다. 엄마는 쓸데없이 흥분해서 나댄다고 했지만 내 생각은 다르다. 우리는 신념을 위해 나설 줄 알아야 한다. 불의를 보고도 저항하지 않으면 세상은 바뀌지 않는다. 난 '넬슨 만델라를 석방하라!!!!'고 적힌 티셔츠와 그 공연 음반도 샀다. 우린 남아프리카를 비롯해 불의를 저지르는 사람들에게 꾸준히 압력을 행사해야 한다. 오늘은 그 대상이 초코칩 하드에 불과하지만, 내일은 국가적 차원의 항의가 될 수도 있다.

누가 나랑 사귀겠어?

🕘 저녁 9시

베서니와 나란히 앉아, 어제 베서니가 루크와 커피를 마시며 나눈 대화를 분석했다. 베서니가 내게 보고한 내용은 이랬다.

- 🍂 루크는 지금 누굴 또 사귈지 말지 확신이 안 서 있는 상태다.
- 🍂 루크는 레이를 좋아하고 같이 있으면 재미있어 하기는 하는데, 어딘지 모르게 레이를 불안정한 애로 생각하는 것 같다.
- 🍂 루크는 앞으로 마케팅을 전공할 생각이고 그래서 에이레벨을 잘 봐야 한다는 압박감을 받고 있다.

베서니는 언외의 의미를 분석해본 결과, 루크가 누군가와 진지하게 사귀는 관계를 원하는 것 같지는 않다고 했다. 전 여친에 대한 마음도 완전히 정리되지 않은 듯하다고 했다. 사실 루크와 여친은 완전히 끝난 게 아니라 '잠시 서로 시간을 좀 갖고 있는 중'이라는 거다.

아, 루크…… 그냥 다 끝내고 나를 좋아하면 안 되겠니. 에이레벨 시험 따위 신경 꺼버려. 재시험 치면 되잖아.

빌어먹을 에이레벨 시험이 모든 걸 망치고 있다.

어두컴컴한 곳에서 로리 앤더슨의 〈오 슈퍼맨O Superman〉을 들으며 몽환적인 분위기에 흠뻑 젖어들었다. 특히 '비행기들이 날아오고 넌 가네, 하 하 하 하 하 하 하아아아' 하는 부분에선 전율이 느껴졌다. 의미도 불분명한 이 노래가 머릿속을 온통 사로잡았다. 듣다 보니 분위기가 너무 심하게 가라앉아서 조금은 가볍게 퍼즈박스의 〈국제구호International Rescue〉라는 노래를 틀었다.

두렵고 끔찍한 밤이다. 내가 아는 이들 중에 이런 고민을 하고 있는 사람은 없을 것 같다. 신이시여, 나랑 사귀고 싶어 할 사람이 과연 있을까요? 기분이 엉망진창이다.

루크 나를 좋아해줘!

🕐 오후 1시 55분

난 요크셔푸딩 다섯 개를 먹고 연달아 루밥 크럼블을 먹어치웠다. 베서니는 요구르트 한 병을 마시고 사과는 '나중에' 먹겠다며 챙겨두었다. 베서니는 다시 싱글이 됐으니 "몸매 유지에 신경을 써야 한다"고 말했다. 이 말을 하면서 눈으로 내 배를 슬쩍 훑었다. 아, 나도 날씬해지고 싶다! 날씬해지기만 하면 이딴 고민 안 해도 되는데. 난 왜 이렇게 절제력이 없는 걸까? 왜 이렇게 제어를 못할까? 몸에 살이 붙기 시작한 게 언제부터였더라…… 기억도 안 난다. 늘 뚱뚱했다. 항상 몸집이 크고 빙충맞고 여자애답지 못했다. 아동 심리학자에게 상담을 받은 적이 있는데 그 여자는 내게 살이 찌게 된 계기가 뭔지 계속 캐물었다. 그건…… 아, 여기다 쓰고 싶지 않다. 지독하게 나쁜 기억이다. 심리학자는 그 일이 영향을 끼쳐 내가 여자다 워지는 걸 두려워하게 되었다고 결론을 내렸다. 말도 안 된다. 그럼 내가 외모에 집착하고 남자랑 사귀고 싶어 안달이 나 있는 건 어떻게 설명할 건데?

아동 심리학자는 개소리를 늘어놓을 뿐이었다. 정원을 그려보라고 하더니, 내가 그린 정원사의 표정이 심드렁해 보인다고 지껄였다. 그러면서 그게 어떤 의미겠냐고 물었다. 내가 그걸 어떻게 알아? 대학을 나온 건 당신이지 내가 아니잖아.

아, 루크가…… 날 좋아하기를.

오늘 저녁에 연극《햄릿》을 보러 가기로 했다. 별로 내키진 않는다. 희극 공부도 아니고 에이레벨의 무대예술 과목 시험을 위해 참고로 보는 것뿐이다. 그 연극의 무대에 관해 기록해야 한다. 이 과제의 좋은 점은 친구들과 함께 버스를 타고 극장까지 간다는 것(버스 뒷좌석을 우리가 다 차지할 수 있다는 전제 하에서 말이다), 그리고 공연 중간 휴식 시간에 아이스크림을 사먹을 수 있다는 것이다.

5월 18일 목요일

똥을 준 베서니

🕐 밤 9시 45분

러셀 그랜트의 별자리 운세에 따르면 이번 주 내 운세는 아주 똥 같을 거라고 했는데 역시 그랬다.

루크는 여자친구랑 끝낸 게 맞지만 아주 임자 없는 몸은 아니라는 걸 나를 비롯해 온 세상에 알리고 싶어 한다, 그가 베서니를 좋아하고 있기 때문이다, 라고 베서니가 오늘 점심

시간에 폭탄선언을 했다. 마침 맛있는 닭고기 카레를 먹기 시작하던 참이던 나는 입맛을 싹 잃고 말았다.

그래, 루크는 빌어먹을 잘난 베서니에게 전화를 걸었고, 집에 바래다주었고, 그렇게 둘이서 착착 진도를 나가고 있었던 거다. 난 루크가 죄책감을 느끼도록 편지를 쓰기로 했다. 지금 극도의 분노로 끓어오르고 있다. 내가 이렇게 속이 쓰린 데는 또 다른 이유가 있다. 그동안 친구로서 베서니를 위로했고 아픔을 극복할 수 있게 도와줬는데 그 결과가 이렇게 돌아왔기 때문이다. 너무 비참하다. 뒤통수를 오지게도 쳐맞았다. 남들은 전부 앞으로 나아가고 있는데 나만 정체돼 있다. 왜일까? 뚱뚱하고 못생겼으니까…… 베서니하고는 정반대니까.

베서니는 원래 루크와 사귈 마음도 없었지만 이제 사귀는 사이가 되었다. 내일도 그를 만날 거라고 한다. 그리고 루크는 나를 굳이 피하고 싶지 않다는 말로 베서니를 안심시켰다고 한다. 아 짜증 나!!!! 난 좋은 친구니까! 그래, 난 모두에게 좋은 친구지……. 완벽한 외모를 가진 멍청이 베서니는 "레이 걔는 이해할 거야"라고 루크에게 말했을 거다. 난 의지할 만한 좋은 친구니까. 그런데 너희가 그렇게 말한다고 해서 내 마음이 덜 아프고 덜 상처 받는 건 아니거든? 절대 아니야. 분노가 활활 타오른다고!!!

잘나고 예쁜 년들은 다 남자가 있다. 난 언제쯤 남자를 차지할 수 있을까? 젠장. 지금 내 몸무게에서 20킬로그램만 빠지면 홀딱 벗고 파티장에 들어가 닥치는 대로 아무하고나 사귈 텐데. 지금 내 기분이 딱 그렇다.

베서니에게 더욱 분노가 치민다. 베서니는 내 친구였다! 베서니가 루크랑 사귀면 난 당연히 상처를 받는다. 그렇다고 베서니가 루크랑 사귀지 않겠다고 하면 베서니를 좋아하는 루크는 날 미워하고 나에게 화를 낼 것이다.

맙소사!!!! 얘네는 어쩜 이렇게 상황 파악을 못하지? 너무 화가 난다!! 그래도 이렇게 극단적인 감정으로 치닫는 건 나답지 않다. 일기야, 내가 뭘 어쩌려고 이러는 걸까? 베서니랑 루크가 펍에 오면 어쩌지? 망할. 베서니가 내 앞에서 우쭐거리면? 심하게 화가 날 것 같다. 메건도 누구 못지않게 자신의 외모에 대해 쉬지 않고 지껄여댄다……. 그만 좀 해, 메건, 입 닥치라고!!! 넌 8사이즈 옷을 입잖아, 젠장! 이기적으로 굴지 좀 마! 그리고 베서니 너, 넌 나한테 이기적이라고 말하지 마. 난 인간으로서 당연한 말과 행동을 할 뿐이야!!!

미칠 것 같다!! 다들 날 비웃고 동정하고 있겠지.

아…… 어쩌면 아닐 수도 있어…… 마음 가라앉히자. 어떻게 하면 좋을까? 쿨하게 신경 끊는 게 좋겠다. 어렵겠지만, 난 전에도 차여봤으니 못할 것도 없지. 자, 레이, 넌 강한 애야! 극복하자! 극복!

순서대로 해보자. 우선 일기에다가 하나씩 정리를 해보자.

루크는 날 여자로서 좋아하지 않는다.

그리고……

내 친구를 좋아한다.

그리고……

내 친구와 사귄다.

그리고……

난 아무렇지 않은 척, 평소처럼 행동해야 한다. '너희 하고 싶은 대로 해'라고.

그러면……

내 마음에서 루크를 정리할 수 있을 거다!

여전히 베서니가 원망스럽다. 지독한 원망은 아니지만. 지금껏 베서니에게 속내를 다 털어놓았는데 결국 또 이렇게 뒤통수를 맞으며 판에 박힌 스토리로 흘러가고 말았다. 애초에 대단한 걸 바라지도 않았다! 그저 또 이렇게 호된 경험을 하고 교훈을 얻는가 보다. 우린 모두 자유로운 존재라는 걸 나도 잘 안다. 모든 게 다 괜찮다고 스스로를 설득하면 결국 다 괜찮아지겠지.

단지 배신감이 들 뿐이다.

언제쯤 내 인생도 펴질까? 언제 나도 저런 사랑을 받아볼까? 도대체 언제냐고? 난 운이라곤 지지리도 없으니 베서니가 루크와 결혼을 할지도 모르겠다.

도대체 언제?

또 하나의 커플이 맺어지네

그들의 육신과 영혼이 단단히 맞물리네

이번엔 그와 맺어진 게

내 친구라네

그래서 언제,

도대체 언제 나는 나라는 자물쇠에 맞는 열쇠를 찾게 될까?

질투가 두꺼운 이불처럼 내 숨통을 짓누르네

남들은 다 사랑을 찾았건만 난 홀로 이런 고민이나 하고 있네

이러니 내가 감자튀김이랑 이런저런 음식들에 의지할 밖에.

(내일이면 이 시를 읽으며 피식 웃음이 나겠지. 그래도 지금은 그럭저럭 속이 좀 풀린다)

어제 저녁 7시 반부터 밤 11시 반까지 좁아터진 극장 좌석에 앉아 망할 놈의 《햄릿》을 봐서 그런지 기분이 자꾸 가라앉는다. 극장에서도 난 악을 쓰고 싶었다. '그럴 거면 그냥 자

살해버려, 빌어먹을 요릭도 죽여버려!!!' 참고로 요릭은 《햄릿》에 등장하는 짜증 나는 인물 중 하나다.

루크랑 베서니

🕐 오전 9시 23분

방금 학교에 왔는데 아직도 분이 풀리지 않아 입에서 불이 뿜어 나올 것 같다!! 진정하자, 레이!!!

🕐 오전 11시 6분

베서니가 모두에게 떠벌렸다. 자기가 루크랑 사귀는 것에 내가 전혀 개의치 않으며 그 문제는 이미 내 허락을 받았다고. 아주 거짓말은 아니었다. 베서니는 이렇게 말했다. "레이, 있잖아. 네가 안 된다고 하면 루크랑 사귀지 않을게. 그런데 루크는 날 진심으로 좋아하고 나도 루크를 정말 좋아해." 이러니 무슨 말을 할 수 있었을까? 평소처럼 괜찮다고 할 수밖에 없었다. "루크를 그런 감정으로 느끼게 된 게 언제부터야?" 내물음에 베서니가 답했다. "월요일에 같이 커피를 마시면서부터." 학교 휴게실에서 모트는 베서니를 죽일 듯이 노려보았고 베서니가 한 짓을 모두에게 알렸다. 난 모트에게 물어보았다. "모트, 네 생각에도 내가 몸무게를 줄여야 할 것 같니?" "그래서 네 기분이 좋아진다면 그렇게 해." 역시 다정한 내 친구 모트다운 대답이었다. 모트가 계속해서 말했다. "거짓말은 못하겠다. 솔직히 말할게. 네 몸무게 때문에 사람들이 너에게 거리를 두기는 해. 그렇지만 살을 빼는 건 남들이 아니라 너를 위한 일이라고 생각하자." 아니, 난 그럴 수 없다. 난 남자들을 위해 살을 뺄 것이다. 솔직히 말하면 그렇단다, 일기야.

화장실로 가서 좀 울었다. 망할 체육 수업에도 참여하지 않았다. 오늘 체육 시간에는 트램펄린 뛰기를 했는데, 내 브래지어가 싸구려라 가슴이 그 안에서 마구 출렁대다가 밖으로 튀어나갈 게 뻔해서였다.

오늘 저녁엔 외출 안 할 거다. 루크랑 베서니가 같이 있는 꼴을 차마 못 보겠다. 아, 이름도 잘 어울리네…… 루크랑 베서니. 루크랑 베서니. 아마 베서니는 루크의 이름 옆에 나란히 제 이름을 쓰는 연습을 하고 있을지 모른다. 들러리들에게 깜찍한 드레스를 입게 하고 성대한 결혼식을 올리고 우아한 결혼 서류에 서명도 하겠지.

먹자. 먹자. 먹자. 먹자.

5월 22일 월요일

핀, 그럴 필요 없어

🕐 밤 9시 45분

토요일 밤에 내가 펍에서 모두에게 먼저 간다고 인사를 하고 돌아간 후 루크가 "이야, 레이는 정말 배짱이 두둑해. 많이 힘들 텐데도 꿋꿋하네"라고 말했다고, 베서니가 오늘 내게 전해주었다. 내가 고마워하기라도 할 줄 아는지 베서니는 그 얘길 전하며 연신 히죽거렸다. 전혀 안 고맙거든. 그런데 루크는 내가 어떻게 행동할 거라고 기대했던 걸까? 제발 나랑 사귀어달라고 엎드려 빌 줄 알았나? 아무리 나라도 그 정도로 자존심이 없지는 않다.

핀이 루크에게 왜 레이를 갖고 놀았냐며 한 소리 했다고 한다. 핀, 너한테까지 동정 받고 싶진 않아. 고맙지만 사양하겠어. 넌 연정을 거절당하는 게 어떤 기분인지 알 턱이 없잖아.

오늘 학교에선 다들 베서니와 루크 얘기로 열을 올렸다. 휴게실로 들어가자 한창 토론이 진행 중이었다. "친구가 어떤 남자를 좋아하는데, 그 남자는 그 친구가 아니라 널 좋아해. 그럼 넌 그 남자랑 사귀어도 되는 걸까?" 대부분이 그러면 안 된다는 의견이었다. 누군가가 그 토론을 베서니에게 전하면서, 누가 너한테 그런 짓을 하면 넌 화가 나서 길에서 비쩍 여윈 여자만 보면 주먹으로 때리고 싶을 거라고 말했다. 그러면서 레이는 워낙 사람 좋고 재미있는 애라서 아무리 그런 상황에 처해도 절대 주먹질은 안 할 거라며 날 두둔했다는 거다.

저녁에 엄마가 마카로니 치즈를 만들었다. 내가 잔뜩 화가 나 있다는 걸 알고 기분을 풀어줄 생각이었던 걸까. 마카로니 치즈를 먹으면서 드라마 〈코로네이션 스트리트〉를 봤다. 오드리 로버츠와 돈 브레넌이 '럭키'라는 이름의 그레이하운드를 사는 내용이었다. 내가 왜 이런 얘길 여기다 쓰는지 모르겠다. 아니 안다. 웃기는 내용이어서, 오늘 일어난 일들 중 그나마 제일 좋은 것이어서 그렇다.

5월 23일 화요일
·····························

베서니의 **투정**

🕐 저녁 8시 19분

조금 전에 베서니가 찾아왔다. 루크가 계속 짜증 나게 군단다. 너무 진지하게 들이댄단다. 루크는 베서니를 데리고 이탈리아의 토스카나에 사는 친척들을 만나러 가고 싶어 하고, 베서니와 함께 일 년 정도 우간다에 가서 지역 문화센터 짓는 일을 하고 싶어 하며, 일요일에는 자기 부모님과 함께하는 브

런치 자리에 베서니를 부르고 싶어 한다는 것이다. 베서니는 메두사 같다. 이놈 저놈 할 것 없이 베서니 앞에선 얼빠진 어린 양들처럼 저 죽을 줄 모르고 달려든다. 베서니는 루크가 지나치게 집착을 하고 어른처럼 행동해서 힘들다며 징징댔다. 게다가 부룽과의 일이 있은 후로 함부로 진도를 나갔다간 그릇된 판단을 할 수도 있다는 걸 깨달았다고 했다!! 그러면서 "1989년에야 난 그런 깨달음을 얻었어"라고 말했다. 하이고, 너무 웃겨서 오줌 나오겠다.

베서니와 루크의 관계가 오래 갈 것 같진 않다. 다행이다. 난 여전히 루크를 좋아하지만, 그 둘이 깨진다고 해서 곧장 루크랑 사귈 수 있을 것 같지는 않다. 아무리 루크가 속으로 날 좋아한다고 해도 말이다. 물론 루크는 날 여자로 좋아하지 않는다. 그리고 내가 루크를 좋아하긴 하지만 그와 사귀자마자 우간다로 봉사활동하러 가고 싶진 않다.

🕘 밤 9시 50분

일 년 정도 외국에 나가는 것을 생각해보고 있다. 우간다처럼 열악한 환경에서 살다 보면 살 빼는 데 도움이 되지 않을까. 아프리카엔 부스트 초콜릿 바 같은 건 없을 테니 말이다.

우간다로 가버려, 루크

🕐 밤 10시 35분

흠, 오늘은 꽤나 기분 좋은 날이었다. 우선 펍에서 베서니가 루크를 찼다. 그리고 곧장 사람들이 펍으로 몰려드는 바람에 루크는 남자 화장실 쪽으로 물러나 나한테 하소연을 해댔다.

그는 울면서 주절거렸다. "내가 좀 민감한 놈이거든." 난 위로해주는 척했지만 속으로는 웃음이 났다. 어찌나 처량 맞은지, 내가 겨우 이딴 녀석을 좋아했나 싶었다.

루크가 화장실 앞을 떠난 후 핀과 핀의 여친, 무화과와 둔탱이, 튀긴 소시지가 우리 자리로 와 앉았다. 튀긴 소시지는 루크를 놀려댔고 베서니도 거들었다. 그들은 루크의 짜증 나는 목소릴 흉내 내며 "우간다! 우간다! 우간다!"를 구호처럼 외쳐댔다. 내가 알기로 그의 앞 이름은 루크가 아니라 콜린이다! 루크는 중간 이름일 뿐이다. 그래서 그의 성적표의 이름 칸에는 루크가 아닌 콜린으로 적혀 있다! 그런데도 다들 그를 루크라고 부르며, 지금은 우간다라고 외치고 있다.

그럼 안 된다는 걸 알지만 상황이 이렇게 되자 루크가 영매력 없어 보이긴 한다. 나도 이런 내가 싫다. 잔뜩 놀림을 당하고 집에 가서 흐느껴 우는 게 어떤 기분인지 너무 잘 아는데. 그러니 다른 애들과 함께 루크를 비웃으면 안 되는 거였다. 핀은 비웃음의 대열에 끼지 않았다. 대단한 도덕성을 갖고 있어서가 아니라 워낙 성격이 음울하고 더러운 놈이라서 그렇다.

　나는 튀긴 소시지와 점점 가까워지고 있다. 이렇게 되면 사귀게 되는 건 시간문제인 건가? 그런데 튀긴 소시지가 베서니한테 이렇게 말했다고 한다. "난 레이를 사랑해. 늘 곁에 두고 싶을 정도로 좋아. 하지만 여자로 좋아하진 않아." 그래도 시간이 지나면 날 여자로 느끼고 좋아하게 되지 않을까? 한 가지는 분명하다. 지금 내 감정을 베서니에겐 절대 말하지 않을 거라는 점. 내 말이 끝나기도 전에 베서니가 튀긴 소시지를 꿰어 찰 테니까.

5월 25일 목요일

끝장나게 섹시한 프랑스애들

🕐 저녁 6시 25분

시험공부하기 싫다. 오늘밤부터 시작하자.

　프랑스에서 온 교환 학생들이 학교 안을 돌아다니고 있다. 그 망할 프랑스 계집애들은 끝내주게 멋지다. 걔네도 그 점을 아주 잘 아는 듯하다. 그중에 제일 멋진 애는 '잔'이다. 오늘도 잔은 남친인 클로드 얘기로 모두를 웃게 만들었다. 클로드랑 같이 스키를 타러 가 '샬레'라는 목조주택에 묵었는데, 그의 부모님이 옆방에서 주무시는 동안 클로드랑 섹스를 했다는 얘기였다. 나보다 오 개월이나 어린년이 엄청난 삶을 살고 있다. 정기적으로 섹스를 하고 몸에 걸친 건 죄다 베네통 브랜드다. 목 부분이 꽉 죄는 찰싹 맞게 조그만 점퍼까지도 베네통이다. 잔은 나를 'grande fille folle'라고 불렀다. grande가 '거대한'이라는 뜻을 가진 프랑스어라는 건 나도 안다. 그런데 내 뚱뚱함을 묘사할 땐 'grande'보단 우리말인 '거대한'이 약간은 더 나은 것 같다.

우린 내일 남자들 몇 명과 프랑스 여학생들을 데리고 커피를 마시러 갈 예정이다. 이 프랑스애들을 멋대로 돌아다니게 하면 안 될 것 같다. 다들 햇볕에 잘 그을린 피부를 자랑스럽게 내놓고 폼 나게 담배를 피우기 때문이다. 담배 피우는 모습이 어찌나 매력적인지 내가 오십 년 동안 연습해도 따라잡지 못할 것 같다. 한마디로 그들은 끝장나게 섹시하다.

5월 27일 토요일

기죽은 베서니

🕐 오후 5시 2분

어제 저녁은 참 이상했다. 내 감정보다는 또래 집단이 주는 압박감을 더 절절히 느꼈다고나 할까. 둔탱이 말이, 튀긴 소시지가 나를 쳐다보는 눈빛이 아무래도 날 여자로 좋아하는 것 같다고 해서 우린 확인을 해보기로 했다. 내가 둔탱이랑 구석진 자리에 앉아 있는 동안 베서니가 튀긴 소시지에게 물어봤는데 대답은 '아니'였다. 눈빛이 뭐가 어쩌고 어째, 둔탱아!

튀긴 소시지와 함께 블랙 소다를 마시러 볼츠 펍에 들렀다. 집으로 가는 길에 튀긴 소시지는 나를 사랑한다고, 마음을 털어놓을 수 있는 좋은 친구라고 말했다. 난 그가 대학으로 꺼져버리고 나면 무척 보고 싶을 거라고 했다. 튀긴 소시지는 "여름에 모여서 다 같이 놀면 돼!"라고 했지만 난 그리 신나지는 않았다. 그는 다른 친구들과 함께 있을 때면 날 감싸주지 않기 때문이다. 오늘 하이 가(街)에서도 그랬다. 키어런 렌이라는 애가 강변 풀밭에 서 있는 나를 떠밀어 강물에 빠뜨렸다. 그런데 튀긴 소시지는 와서 도와주기는커녕 다른 애들에게 이렇게 말하는 것이었다. "걱정하지들 마, 레이 잰 인간 부표라서 물에 둥둥 떠." 강물에서 허우적대는 동안 나는 튀긴 소시지가 베서니를 쳐다보는 눈빛을 포착했다. 고고한 백조 같은 베서니와 뚱뚱한 물쥐 같은 나는 극명한 대조를 이뤘다.

한편, 베서니와 잔은 볼츠 펍의 정원에서 서로 욕을 퍼부으며 제대로 맞붙었다. 남자들을 홀리고 다니는 년들을 이 나라에선 '걸레'라고 부른다고, 베서니가 선제공격을 했다. 그러자 잔은 프랑스어로 뭐라고 아주 빨리 말한 다음 담배 끝을 톡톡 털며 "파릇파릇한 풋내기년"이라고 내뱉었다. 그리고 끝내주게 아름다운 미소를 지어 보였다. 베서니는 기가 죽어 집으로 돌아갔다. 저보다 잘나가는 여자에게 크게 한 방 먹고 주제 파악을 한 것이다.

잔은 윗입술에 박힌 점도 아름다운 외모와 무척 잘 어울린다.

오늘밤은 베서니네 집에 가서 자기로 했다. 베서니네 집은 바닥이 콘크리트로 되어 있긴 하지만, 한밤중에 소변이 마려워 화장실에 가더라도 엄마에게 고함을 듣지 않아도 되는 장점이 있다.

🕐 저녁 6시 16분

오늘 쓴 일기를 다시 읽어봤는데, 난 여자를 성적으로 좋아하는 취향이 아니라는 걸 분명히 짚고 넘어가야겠다. 그냥 남자들 눈에 잔이 아름답게 보일 거란 얘기를 적은 거다.

5월 28일 일요일

요즘 관심 있는 남자들

🕑 새벽 2시 (베서니의 방)

장소가 장소인 만큼 일기를 쓰기엔 좀 위험하긴 하다. 여긴 베서니의 방이다. 그리고 베서니는 튀긴 소시지와 사귀기로 했다고 조금 전에 털어놓았다. 오늘은 베서니의 집에서 자고 가기로 한데다가 시간이 너무 늦어서, 당장 박차고 일어나 집에 가고 싶었지만 그럴 수가 없다. 진짜 밉살스럽기가 말도 못하는 년이다. 나한테 폭탄을 던져놓고는 저는 뾰루지에 효과가 있다며 온몸에 요구르트 칠갑을 하고 있다. 얼굴에 난 여드름 치료를 위해선 유럽의 낙농 산지라도 털러 갈 년이다.

남자들에 관한 자료 업데이트

튀긴 소시지

가능성 희박. 이놈이 나랑 맺어질 가능성은 그랜드 내셔널 장애물경마대회에 당나귀가 나올 확률만큼이나 적지만 그래도 일단은 계속 지켜보는 중.

핀

전혀 가능성 없음. 혼자 우울해하고 거만 떠는 럭비선수 놈…… 그런데 여자들은 그에게 환장을 한다. 누구든 진한 키스를 하고 싶게 만드는, 몸도 좋고 얼굴도 잘난 놈이지만 이놈이랑 사귀는 건 고문일 것 같다. 이놈이랑 대화를 하느니 차라리 거북이랑 말하는 게 덜 답답할 정도니까.

그 외에는 딱히 마음에 담아둔 남자는 없다.

그렇다고 내가 레즈비언은 아니다.

🕐 오전 11시

베서니의 엄마가 아침식사로 내놓는 건 곡물로 된 뮤즐리나 위타빅스 시리얼이 전부다. 걔네 엄마는 아침을 배불리 먹을 필요가 없다고, 그리고 베서니의 몸매에 탄력이 떨어지는 걸 (즉 살이 찌는 걸) 원치 않는다고 말한다. 이렇게 특별히 생각해서 아침을 먹는 사람들이 얼마나 될까. 얼마나 많은 사람들이 살이 찌는 걸 두려워하는 걸까. 괴상한 정도가 아니라 숫제 지옥이다. 다들 그걸 알아야 한다.

한 가지 더, 어젯밤 베서니의 고백을 듣고 난 후부터 영 식욕이 없다. 어제도 침낭에 들어가 누워 베서니의 숨소리를 듣고 있는데, 문득 베서니에게 고함을 지르고 싶은 충동이 일었다. 하지만 솔직히, 튀긴 소시지가 베서니랑 사귀지 않는다고 해도 다른 여자애랑 사귀면 사귀었지 나랑은 아니었을 거다.

프랭키 고즈 투 할리우드의 〈사랑의 힘The Power of Love〉
을 듣고 있다. 아기처럼 엉엉 울고 싶은 심정이다. 이유는 모르
겠다.

베서니의 여드름을 놓고 속으로 욕했던 게 후회된다. 피
부가 안 좋은 게 베서니의 잘못은 아니다.

🕐 밤 10시 40분

이상한 저녁이었다. 튀긴 소시지와 베서니가 커플인 걸
잔뜩 티를 내면서 못 볼꼴을 보여주고 있으려니 예상하고 펍
에 들어갔는데 베서니는 없고 튀긴 소시지만 있었다. 내가 펍
에 들어가자마자 튀긴 소시지가 득달같이 다가와 술을 사
며 물었다. "베서니랑 나랑 잘 안 맞을 거 같단 생각 안 들
어……?" 그러고는 에이레벨 시험이 끝날 때까진 아무하고도
안 사귀려 한다고 주절거렸다. 나는 "흐음…… 잘 생각했네"
라고 대꾸해줬다. 우린 이런저런 얘기를 나눴다. 그는 전에 여
자한테 차여본 얘길 하면서 이제부터는 '조심'할 거라고 했다.
그리고 여자는 왔다가 가버리면 그만이지만 좋은 친구는 헤르
페스 바이러스처럼 한 번 관계를 맺으면 절대 그 관계를 깨지
않는다고 했다. 그의 말은, 그동안 섹스를 했던 여자들은 그에
게 아무 의미가 없지만 친구인 나는 그 여자들보다 훨씬 큰 의

미가 있다는 뜻일 거다. 그래, 하지만 밤늦도록 그런 얘기나 듣고 있으니 별로 위로가 되진 않는다. 지금까지 나를 침대로 데려가 눕힌 후 머리카락을 쓰다듬어주고, 모든 게 잘될 거라 말해주고, 실은 내가 심각한 뚱녀는 아니라고 해준 친구는 없었다. 내가 원하는 건 바로 그런 애정인데 말이다.

튀긴 소시지는 남자친구로 사귀기엔 못된 개새끼지만 성별이 남자인 친구로 곁에 두기엔 정말 좋은 녀석이다.

이제 튀긴 소시지를 남자로 좋아하는 마음이 없어졌다. 그는 열여덟 살밖에 안 됐는데 벌써 대머리가 될 기미가 보인다.

가수 로이드 콜의 말대로 '난 그저 새로운 친구를 찾고 있을 뿐'이다. 로이드 콜이 좋다. 비록 그 가수가 폴라 티만 줄기차게 입어대긴 하지만 말이다.

6월

June 1)

6월 1일 목요일

머릿속이 복잡하다

🕐 저녁 8시 30분

베서니가 날 보자마자, 어젯밤 강변 풀밭에서 튀긴 소시지가 자기한테 시험이 끝날 때까지만 거리를 두고 싶다고 했다며 고해바쳤다. 내가 그동안 주제도 모르고 설쳤는데 그 죄에 대한 대가를 이런 식으로 치르고 마는 걸까. 사실 나는 '베서니도 뭐 경악스러울 만큼 엄청나게 예쁘진 않았어'라고 감히 생각했었다. 그리고 3월에 딱 사흘간 남자친구를 사귀었다가 깨졌을 때도 난 주제도 모르고 곧장 다른 남자를 사귈 수 있을 거라고 착각했었다. 실상은 모든 남자들이 베서니의 발치에 엎드리고 있는데 말이다! 그건 베서니가 그만큼 예쁘다는 뜻이다!

베서니가 시험이 끝난 후에는 너랑 별로 사귀고 싶지 않을 수도 있다고 말하자, 튀긴 소시지가 "이해해"라고 했단다. 그런데 시험이 끝나면 바로 여름이다. 여름의 긴긴 밤에 여자애들은 미니스커트를 입고 돌아다니면서 들판 여기저기서 남친과 뒹군다. 그런 분위기에서 튀긴 소시지가 베서니에게 또 넘어가지 않을 수 있을까. 꽃가루 알레르기가 있는 베서니가 감기 걸린 어린애처럼 여름에 콧물이나 줄줄 흘리길 바라본다.

내일은 이 집 말고 다른 데서 잠이 깼으면 좋겠다. 다른 사람이 돼서 눈을 뜨고 싶다.

괴상한 생각들을 잔뜩 하다 보니 머릿속이 더욱 뒤죽박죽이 됐다. 이십이 분 동안 눈을 감고 있다가 떴는데 난 여전히 이 집에 있다.

베서니와 거리를 두자

🕐 오후 3시 28분

세상이 온통 똥처럼 변해가고 있다. 최근에 중공에서 엄청난 민주혁명이 일어나서 나는 무척 흥분했다. 중공의 학생들이 자유와 민권을 외치며 혁명을 일으킨 것이다. 특히 쇼핑백을 든 한 남자는 천안문 광장으로 밀고 들어오는 탱크를 홀로 막아섰다. 그 남자의 모습은 최고로 위대한 포스터 그 자체였다. 하지만 지금은 군인들이 천안문 광장으로 몰려 들어가 시위대를 총으로 쏴 죽이고 있다. 너무 우울하다. 아무리 혁명을 일으켜도 세상은 변하지 않는다. 손톱만큼도.

세계 곳곳에서 구세대는 신세대를 탄압하고 잔인하게 짓밟고 있다.

그나저나 중국인들은 전부 날씬하다. 살집이라곤 없다. 중국 음식이 온통 기름투성이인데 어떻게 저렇게 날씬할 수가 있지.

🕐 저녁 5시 9분

중공과 천안문 광장 시위 뉴스를 계속 듣다가 문득 결심했다. 지금이야말로 베서니와 거리를 둘 때라고. 내 나이 또래인 중공 사람들이 총을 맞아가면서 시위를 하고 있는 판에 나도 배짱이라는 걸 좀 키워보자. 그래, 나도 할 수 있다.

베서니와 사이가 틀어지고 싶진 않다. 대판 싸우고 싶지도 않다. 하지만 계속 같이 다니다 보면 나는 앞으로도 이 모양 이 꼴로 살 거다. 게다가 베서니 때문에 난 더 많이 먹게 된다. 베서니 옆에 있으면 경주마들 사이에 꼽사리 낀 당나귀가 된 기분이다. 같이 다니는 게 전혀 즐겁지가 않다. 그런데 이런 얘길 베서니한테 어떻게 하지? 편지로? 전화로? 베서니가 우리 집에 찾아오면 그때 솔직하게 말해야겠다. 베서니도 내가 이러는 이유를 들을 자격은 있으니까 말이다.

🕐 저녁 6시 30분

방금 모트한테 전화했다. 모트는 나더러 잘 판단했다고 했다. 베서니한테 편지를 써서 줬다간 베서니는 그걸 애들한테 다 까발릴 것이고 결국 그 편지는 남학교까지 두루 돌아다 닐 거라는 게 모트의 생각이었다. 나도 그런 위험을 감수하고 싶진 않다. 모트는 얼굴을 맞대고 얘기하는 게 최선이라고 했 다. 생각만 해도 속이 울렁거리지만 모트의 말이 옳다.

🕐 저녁 7시 12분

베서니가 집으로 찾아왔다. 하지만 난 문을 열어주지 않 고 방에서 듣고 있던 음악 소리를 가만히 줄였다. 창문 커튼 사이로 슬쩍 내다보니 베서니는 마을로 가고 있었다. 길가에 선 한 무리 남자들의 시선이 베서니에게 쏠렸고 그중 한 명은 휘파람을 불었다. 나는 더욱 결심을 굳혔다. 베서니랑 계속 같 이 다니다간 남자를 한 명도 못 잡는다.

6월 5일 월요일

내가 하고 싶은 말

🕐 늦은 시각(정확한 시각은 중요하지 않음)

만사가 늘 똑같이 흘러간다. 내 인생도 그렇고 세상도 그 렇다.

컴퓨터실에 있는데 베서니가 다가와 말했다. "우리 얘기 좀 할래?" 가슴이 철렁했지만 그러자고 대답했다. 그러자 베서니는 개 같은 소릴 마구 쏟아내기 시작했다.

베서니   네가 나한테 너무 들러붙는 느낌이야. 우리 거리를 좀 두자. 남자애들이랑 어울릴 때마다 너 때문에 괜히 죄책 감이 들어. 남자애들이 널 원하질 않으니까 그런가 봐.

나   그러든지……

베서니   그런데도 넌 상황 개선을 위한 행동을 전혀 하질 않아. 급식도 매일 추가로 더 먹고. 그래 놓고는 내가 튀긴 소 시지를 빼앗아 간 것처럼 말하잖아.

나   열 받아서 딱 한 번 그렇게 말한 건데.

베서니   그런데 왜 내 눈엔 네가 남들하고 있을 때도 계속 그렇 게 생각하고 있는 것처럼 보일까. 내가 주말에 놀러 나 오지 않은 것도 그래서야.

나   알았어. 나도 실은 너랑 똑같은 생각을 하고 있었고…….

베서니   그럼 내가 너한테서 누굴 뺏어온다는 식으로 말하지 마. 난 아무도 뺏은 적 없어. 너 진짜 유치하다. 네 외모 가 마음에 안 들면 고쳐보려고 노력을 하든지. 우리 집 에 올 때마다 넌 소파에 앉아서 쿠션으로 네 배를 덮어 가리기 바쁘잖아. 그러면서 날씬해지기만 하면 이런저 런 옷을 입을 거라고 수다나 떨지. 날씬해질 때까지 기다리지 말고 지금 당장 예쁜 옷을 입어보지 그래? 그놈의 럭비 셔츠랑 더러운 청바지 좀 그만 입고 치마를 입으란 말이야!!

나   아, 그래. 맞아. 그래야겠어!!

베서니   점심 같이 먹기로 한 사람이 있어서 이만 가볼게.

베서니의 입에서 나온 말들이 도저히 믿어지질 않는다. 그동안 나를 쭉 그렇게 생각하고 있었단 말이지. 그런 줄도 모르고 난 베서니한테 좋게 얘기하고 거리를 둘 생각이었다. 베서니의 얘길 들으면서 분노가 폭발할 줄 알았는데, 화가 좀 나기는 해도 참을 만했다. 베서니가 감정이라곤 없는 로봇 같단 생각이 들어서인지도 모르겠다.

뭐, 그랬다. 많이 괴롭진 않았다. 나한텐 모트라는 훌륭한 친구도 있고, 이제는 둔탱이랑 그 패거리랑도 친하니까 그중 아무하고든 펍에 갈 수 있다.

그런데 외출할 때 치마를 입어야 할까? 섹시하게 보이려고 애쓰는 날 보고 다들 자지러지게 웃지 않을까? 도저히 상상이 안 된다.

6월 9일 금요일

엄마가 알 리 없지

🕐 저녁 10시 35분

엄마한테 어제 도서관에서 본 《엘르》 잡지의 쭉쭉빵빵한 여자 모델 얘기를 했다. 오늘도 그 모델 사진을 다시 보려고 도서관에 갔다 오기까지 했다. 그래서인지 그 모델의 모습이 계속 머릿속에 맴돌았다. 엄마는 늘 그렇듯 얼토당토않은 소릴 늘어놓았다. 일단 "말 되는 소릴 해"라고 윽박질렀다. 엄마는 그런 모델들 대부분이 경마 기수처럼 마른 몸을 유지하기 위해 일주일에 당근 한 개밖에 먹지 않고, 음식 대신 탈지면을 씹으며, 담배를 피운다고 했다. 그래서 서른 살쯤엔 형편없는 몰골이 돼서 '돼먹지 않은' 남자들이나 사귄다고 했다(지금 엄마 딸은 아무 남자라도 감지덕지거든요). 내가 물었다. "잡지 편집이라도 해보셨나, 어떻게 그리 잘 아실까요?" "레이첼, 엄마가 여러 군데서 일을 해봐서 그 정도는 알아."

아, 그러세요?

- 엄마는 1942년도에 할머니가 캐나다 군인과 바람을 피워 낳은 딸이다.
- 어린 시절엔 할아버지와 헤이스팅스 시, 레스터 시에서 살았

고, 버나도 보육원에도 있었다.

- 아빠랑 결혼해서 열여덟 살에 첫아이를 낳고, 궤턴에서 살았다. 궤턴은 링컨셔 주에 있는 코딱지만한 마을이다.
- 속바지를 만드는 공장에서 일했다.
- 의료용 혈액주머니를 만들어 병원에 공급하는 회사에서 사무실 청소 일을 했다.
- 남학교 기숙사에서 셔츠 다리는 일을 시작했다. 락 그룹 더 폴리스의 멤버들 중 한 명의 아들이 그 학교 공연에서 드럼을 치고 있는 걸 보았다.
- 아빠랑 이혼하고 라틴어 선생과 결혼했다.
- 터키와 모로코에 가 있는 라틴어 선생을 만나러 외국에 나갔다.
- 지금은 할머니를 돌보며 이 작은 마을의 임대주택에서 살고 있다.

엄마의 삶을 쭉 정리한 위 목록의 어디쯤에서 엄마가 오트쿠튀르와 패션 세계에 대한 지식을 쌓을 기회가 있었을까?

엄마는 늘 말도 안 되는 소릴 늘어놓는다. 하워드 존스의 〈있잖아요 엄마Look Mama〉라는 노래에도 그런 가사가 있다. 엄마도 세상을 다 아는 게 아니니 내가 알아서 판단하고 살게 됐으면 좋겠다. 이건 엄마의 인생이 아니라 내 인생이다!

출산에 대한 새로운 정보

🕐 밤 12시 20분

공부는 할 만큼 했다. 기분이 이상하다. 난 이렇게 내일 있을 에이레벨 시험 때문에 초조해하는데, 전에 나랑 같이 학교를 다녔던 누군가는 세상에 또 한 명의 인간을 탄생시키는 일 때문에 걱정을 하고 있다. 소문에는 클로이가 곧 아기를 낳을 거라고, 그래서 똥을 지릴 만큼 걱정하고 있다고 한다. 모트의 얘기로는 똥을 지릴 만큼 걱정한다는 표현이 딱 어울린다고 했다. 실제로 아기를 낳을 때 똥을 지리기 때문이라나.

어쨌든 시험이 인생의 전부는 아닌 것이다.

일단 좀 자고 새벽 4시 20분에 일어나 좀 더 머릿속에 집어넣어야겠다.

6월 13일 화요일

안전한 컨닝

🕐 저녁 7시 24분

새벽 4시 20분에 알람이 울렸는데 '재알람'을 눌러놓고 다시 잠이 들었다가, 아침 7시 30분에야 눈을 떴다. 머릿속에 더 집어넣을 여유가 전혀 없었다.

컨닝을 하고 싶었지만 안전하게 할 방법이 없었다. 체육관이나 대강당에서 시험을 치르는데 선생님들이 게슈타포처럼 철저하게 감시하기 때문이다. 평소에 쓰는 책상 같으면 온갖 낙서가 가득해서 수업 전에 미리 교실에 들어가 역사적 사건의 날짜라든지 프랑스어 단어들을 낙서 사이에 은근슬쩍 써넣으면 되었다. 하지만 시험용 책상은 달랐다. 초록색 민무늬에 낙서라곤 전혀 없었다. 망할 놈의 책상이다.

오늘 시험은 그럭저럭 괜찮게 치른 것 같다. 그런데 애들이 체육관에서 시험을 치르고 나와서는 어떤 답을 했는지 떠들어대기 시작했다. 내가 쓴 답은 걔네들과 전혀 달랐다. 하지만 걱정하진 않는다. 멘탈이 완전히 붕괴돼서 'why'의 철자조차 생각이 안 나더라는 데이지도 있으니까. why의 철자가 생각이 안 나면 그냥 Y로만 쓰지 그랬니, 데이지!

6월 16일 금요일(에이레벨 시험 끝)

핀은 춤도 잘 춘다

시험이 끝났다!! 드디어!! 끝이 났다!! 속 시원하다! 다시는 보기 싫어! 꺼져! 참, 엄마가 남편을 만나러 모로코로 간다!
이 집에서 난 자유다! 자유!

결코 오지 않으리라 생각했던 날이 드디어 왔다! 오늘 난
올리버 나이트클럽에 갔다 왔다! 거기선 십 분 정도 특별한 스
카 음악(비트가 강한 서인도 제도의 팝 음악—옮긴이)을 틀어주었
다. 매드니스의 〈한 걸음 더One Step Beyond〉였는데 다들 그 노
래에 맞춰 미친 듯이 흔들어댔다. 오랜만에 들어본 노래였다.
그런데 술에 취한 어떤 놈이 바에서 나한테 소리쳤다. "네 사
이즈를 생각하면 더 빨리 몸을 움직여야지!" 못 들은 체했다.
날 모욕하려고 한 말이면 별로 효과는 없었다.

혹시 날 꼬여내려는 수작이었다면 (어쩌면 그랬을 수도!)
더 효과가 없었다.

튀긴 소시지는 완전 멍청이다. 그리고 내 인생으로 말하
자면, 한 가지 문제가 해결되면 (가령 시험이 끝났다든지) 또 다
른 문제가 닥쳐오곤 한다. 내가 보기에 튀긴 소시지는 새로 사
귄 여친이랑 잘 되어가고 있다. 뭐 나도 앞으로 수주일은 참석
할 파티가 잔뜩 있으니 튀긴 소시지나 그 여친은 신경 쓸 겨를
이 없겠다. 그는 나보단 새로 사귄 헤픈 계집애한테 집중하고
싶어 한다. 쳇, 그러든지 말든지. 미친놈.

오늘 저녁은 무척 재미났고 춤도 신나게 출 수 있어 좋았
다. 모트가 우리 집에서 자고 가기로 했다. 우린 내 방에서 남

자들 얘기로 실컷 수다를 떨었다. 모트는 튀긴 소시지가 미친 놈이지만 매력은 있다는 평가를 내렸다. 사실 모트가 좋아하는 건 무화과다. 하지만 무화과의 여친인 둔탱이한테는 그런 얘기 절대 하지 말라고 했다. 또 핀이 무척 잘생긴 편이지만 거만한 것 같다고 했다. 우리 둘 다 핀이 믿기지 않을 정도로 춤을 잘 춘다는 점에 동의했다. 오늘 저녁에 핀은 야즈의 〈올라가는 길뿐The Only Way Is Up〉에 맞춰 춤을 췄는데 거의 전문 춤꾼 수준이었다. 그렇다고 내가 그에게 반한 건 아니다. 핀은 여전히 잘난 척하는 놈일 뿐이다. 잘난 척하는 잘난 놈. 난 모트가 너무너무 좋다. 밤늦게까지 우린 무척 재미있게 얘기를 나눴다. 실컷 말했는데도 앞으로 두 시간은 더 수다를 떨 수 있을 것 같다. 모트랑 얘길 하면 지루한 줄 모르겠다.

6월 17일 토요일

키스와 섹스투성이의 마을

🕐 (꽤 늦은 시각이라서 어쩌면 일요일일지도 모름. 별다른 일 없었음)

거지 같은 밤이다. 루이스 디데의 집에서 열린 파티에 갔다. 분위기가 묘했다. 사랑 받지 못하는 여자란 생각이 절실하게 들었고 속이 상해 술에 취했다. 그 집 뒤쪽 들판에 앉아 꺼이꺼이 울었다. 하지만 풀숲에서 섹스를 하는 두 사람 때문에 편하게 울 수도 없었다……. 처음엔 거칠게 헉헉대는 소리가 나서 천식 환자가 쇼크라도 온 줄 알고 걱정했는데 가서 보니 둘이 그 짓을 하고 있었다. 나 빼곤 다들 그랬다. 나보다 한 학년 아래인 여자애도 휴대품보관소에서 섹스를 했다. 파티에서 음악도 어쩌나 엿 같았는지. 우중충한 고스족도 너무 많았다. 얼굴에 여드름이 창궐한 어떤 놈은 필즈 오브 더 네피림이란 고스풍 록밴드에게 꽂혔는지 그 밴드의 일원처럼 낡아빠진 가죽 재킷을 걸치고 왔다. 하나도 안 어울렸다. 그런데 그놈마저도 스탬퍼드 대학교에 다니는 평범한 여자애랑 진하게 키스를 하고 있었다. 다들 그렇게 짝 맞춰 놀고 있으니 솔로인 나는 6월이 다 끝날 때까지 방에나 처박혀 있는 게 낫겠다!

6월 21일 수요일

사 개월 전의 키스

🕙 오전 10시 30분(제6과정 하급학년용 휴게실에서)

방금 해리가 어떤 여자랑 사귄다는 얘길 들었는데 이상하게 화가 치밀었다. 이게 무슨 우스꽝스런 감정인지. 해리랑 사귄다는 여자는 제6과정 상급학년이란다. 그런데 내 기분이 도대체 왜 이럴까? 미치겠다. 해리랑 두 번 키스를 했을 뿐이고 그것도 이미 사 개월 전의 일인데 말이다.

6월 22일 목요일

콩가 춤

🕙 새벽 1시 54분

어젯밤 엠마네 집에서 열린 파티는 완전 끝내줬다. 음악도 그럭저럭 괜찮았다. 우린 콩가 춤을 췄다. 나는 열정적으로 춤을 추는 튀긴 소시지와 무화과 사이에 낑겨서 함께 몸을 흔들었다. 이런 밤이면 튀긴 소시지를 원하는 마음이 더욱더 커진다. 하지만 안 될 일이다. 1) 튀긴 소시지는 날씬한 금발 여자를 좋아하고, 2) 그에게 나는 다른 남자녀석들과 다를 바 없으며, 3) 그는 원하는 점수만 받으면 곧 대학으로 꺼질 예정이기 때문이다.

튀긴 소시지는 오늘 우리 집에서 자고 가기로 했다. 오해하진 마, 일기야. 우린 다른 침대에서 잘 거니까. 무화과도 우리 집에 들러서 새벽 1시까지 있다가 갔다. 튀긴 소시지는 지금 엄마 침대에서 자고 있다. 그의 코 고는 소리가 들린다.

튀긴 소시지를 너무 사랑해서 가슴이 아프다.

무화과는 장래에 내가 남편을 쥐고 흔들며 살 것 같다고 했다. 말도 안 되는 헛소리다. 내 남편은 나보다 더 강한 성격을 가진 남자일 거다. 약하게 구는 놈은 질색이니까. 난 대범한 성격을 가진 사람들을 좋아한다.

6월 26일 월요일

엘리자베스 1세와 나의 공통점

🕐 저녁 6시 14분

에이레벨 시험 결과가 나왔다. 그렇다. 할 일도 없는지 채점을 빨리도 하는군. 영어 점수는 잘 나왔다. 정치랑 무대예술도 괜찮았다. 역사는 완전 재앙이었지만, 예상했던 대로다. 담임은 "다 좋은데 역사는 왜 이래?"라고 하셨다. 더 노력하겠다고 대답하긴 했지만 그럴 생각 없다. 필요를 못 느낀다. 나치 독일에 대해선 공부해볼 가치가 있겠지만 엘리자베스 1세에 대해서는 아니다. 물론 나랑 엘리자베스 1세가 공통점이 많기는 하다. 우린 둘 다 뚱뚱하고 자신감이 넘치며 처녀다. 하지만 여기서 분명히 말하겠는데, 난 그 할머니처럼 처녀로 늙어 죽지는 않겠다!

그렇지만 겁이 난다. 남자랑 그걸 하는 내 모습이 상상이 되지 않는다. 남자가 웃어대지 않을까. 내가 뭘 하는지도 아마 난 모를 거다.

식비가 바닥났어

🕘 밤 9시 56분

엄마가 식료품비로 주고 간 돈을 거의 다 써버리고 말았다. 멍청하게도 스탬퍼드 음반 가게에서 엔야의 카세트테이프를 사느라 7파운드나 써버렸다. 감성이 충만하고 생각하게 만드는 음악이긴 하지만 덕분에 지금 먹을 걸 살 돈이 없다. 폴리가 우유 한 통이랑 프레이 벤토스 스테이크앤드키드니 파이를 들고 이따가 밤에 들르기로 했지만 그걸로는 어림도 없다. 물론 학교에서 급식을 주는데다가, 기숙사에 사는 애들한 테 부탁만 하면 아침식사를 몰래 빼돌려줄 테니 굶어죽진 않을 거다.

어쩌면 빠르게 살을 뺄 기회인지도 모르겠다. 학교에서 하루에 한 끼만 먹고 엔야와 그룹 OMD의 음악을 들으며 레인보우 슈퍼 옆 밭에서 나머지 시간을 보낸다면 가능하지 않을까. 멋진 생각이긴 한데, 밭에서 농사짓는 농부들은 내가 새싹 근처에 얼씬하기만 해도 짜증이 솟겠지.

7월

July 기

OASIS

7월 2일 일요일

내가 정신 나간 애인 건 알고 있지?

🕐 저녁 6시 20분

짜증 난다. 지루하다. 내 괴상한 머릿속에 신물이 난다. 일기장이 열정적이고 비밀스런 감정들을 털어놓기 위한 공간이라고 한다면, 내 머릿속이 그런 감정들로 꽉 차 있으니 나란 인간은 일기를 쓰는 게 당연하다. 어차피 아무도 이 일기를 보지 못할 테니 내 맘대로다. 젠장. 무슨 일이 일어나고 있는지 한 번 떠들어볼까나.

내 머릿속이 어떤 식으로 작용하는지 말해주겠다. 일부는 완전히 미친 것 같다. 매일 이십 분씩 혼자 실랑이를 하다가 겨우 집을 나선다. 집 안의 전기 소켓을 하나하나 전부 점검하고, 가스레인지 밸브가 잠겼는지 보고, 그러고 나서도 선뜻 집 밖으로 나가질 못한다. 전부 '꺼져 있음' 혹은 '잠겨 있음'으로 되어 있지만 눈으로 보고 나서도 확인, 또 확인이다. 점검을 마치고 난 후에는 가스 불판을 보고 또 본다. 가스 손잡이를 전부 세어본다. 하나, 둘, 셋, 넷, 다섯, 여섯. 전부 '꺼짐'으로 되어 있지만, 나는 다시 가서 확인하고 또 확인한다. 그렇게 하지 않으면 집이 홀랑 타버리거나 엄마가 모로코에서 비행기를 타고 오다가 추락 사고로 사망하거나 내가 악령에 홀리거나 뭐 그런 끔찍한 일이 일어날 것만 같다.

하지만 그런 일은 생기지 않는다. 몇 주일 전 나는 시니타의 〈우리가 시작한 곳으로 되돌아가서Right Back Where We Started From〉라는 망할 똥 같은 노래가 음반 순위 1위를 먹을 것 같은 예감이 들었다. 내 뇌가 '창턱을 스물다섯 번 만지면 그런 일은 안 일어날 거야'라고 말했고 나는 시키는 대로 했다. 그랬더니 정말 그 노래는 1위에 오르지 않았다.

예전에도 비슷한 일이 있기는 했다…… 너무 떠벌리는 것 같긴 한데, 나는 1986년 미국이 리비아의 수도 트리폴리를 공습하자 리비아로 향한 러시아 군함들을 회항시킨 적이 있다. 텔레비전에서 핵전쟁 관련 드라마인 〈쓰레즈〉가 방영된 후 핵전쟁을 막는 데 일조한 적도 있다. 나는 지금 이 글을 쓰면서 울고 있다. 내가 이런 일들을 할 수 없음을 알지만, 내 뇌는 다 할 수 있다고 말한다. 그리고 뇌가 시키는 대로 하지 않으면 끔찍한 일이 일어나기 때문에 그냥 하라는 대로 할 수밖에 없다. 위험을 무릅쓸 수는 없기 때문이다.

논리적으로 앞뒤가 맞지 않는다는 걸 안다. 남자친구를 얻기 위해 몇날 며칠 뇌가 시키는 대로 다 했지만 아직까지 남자친구가 생기지 않고 있으니 말이다. 어쩌면 아직 작용 중일지도 모르겠다. 어쨌든 남자친구가 생기지 않았다고 해서 내가 레즈비언이 된 건 아니라는 걸 명심해라.

이 글을 앞에서부터 다시 읽어보니 완전히 맛이 간 것 같다. 지금보다 증상이 덜 했을 때도 정신병동에 갇혔다. 이런 얘기는 아무에게도 할 수 없다. 했다간 피터버러의 이디스 카벨 병원 4병동에 또 갇히고 만다. 그러면 무슨무슨 의미가 있다고 하는 그림들을 그려대야 할 테고 엄마는 아무렇지 않게 작은 트라이플 케이크와 《스매시 히츠》 잡지 한 부를 들고 문병을 오겠지.

그러니 누구도 이 일기를 봐서는 안 된다.

아무 생각도 안 하고 있으면 증상이 더 심해진다. 여름방학이 완전 똥 같다. 〈놀라운 말 챔피언〉이라는 텔레비전 시리즈를 적어도 열다섯 번은 되풀이해서 봤다. 특히 꼬마 리키가 아이스크림을 발견하는 그 부분을 집중적으로. 젠장.

7월 3일 월요일

팬케이크처럼 납작해진 기분

🕐 저녁 7시 55분

어제는 내가 생각해도 너무했다. 기분이 좀 저조하긴 했었다. 솔직히 말하면 좀이 아니라 팬케이크처럼 납작했었다. 엄마는 내가 피로를 심하게 탄다고 말하곤 했다. 어제 종일 내가 한 일이라곤 소파에 드러누워 책을 읽고 텔레비전을 본 게 전부였다. 엄마가 사다놓은 여성 잡지도 몇 권 읽었다. 육 개 월간 내리 굶은 끝에 76킬로그램을 감량한 여자들에 관한 '내 가 해냈어!' 기사란을 줄기차게 봤고, '내 남편은 새로운 나를 사랑해' 어쩌고저쩌고 하는 기사들도 쭈욱 훑었다!! 그럼 당신 남편은 예전의 당신을 사랑하지 않았다는 건가요? 싸구려로 대충 먹는 스튜 요리법도 읽었다. 배우자의 바람에 관한 기사 들. 엿 같은 남편을 가진 사람들에 관한 기사들. 앤드루 로이드 웨버에 관한 기사들. 텔레비전 프로그램 안내란에는 스테판 데니스―드라마 〈이웃들〉에서 폴 로빈슨 역을 맡은 배우― 와의 데이트를 따내기 위한 시합이 나와 있었다. 도대체 누가 그딴 시합에서 이기고 싶어 한단 말이야?

7월 4일 화요일

모트가 이집트에 간다

🕐 오후 4시 1분

모트에게 전화를 걸었다. 모트는 내일 이집트로 여행 간 다고 했다. 내 절친이긴 하지만 가끔 나는 모트의 멋진 가족들 이 너무 부러워서 질투가 날 지경이다. 모트의 부모님은 딸을 친구처럼 대해준다. 그분들의 말투만 봐도 진심으로 모트를 좋아하는 게 느껴진다. 모트는 자기만의 공간을 갖고 있지만, 식사는 또 해줘서 손에 물 한 방울 안 묻힌다. 내가 보기엔 완벽한 세상이다.

공중전화 박스에서 통화를 하고 있는 동안, 그린레일에 있는 가게에서 나오는 등신들을 봤다. 전에 나한테 뚱뚱한 년이라고 놀리던 놈들이다. 그들을 몇 달 못 보다가 갑자기 마주쳐서 그런지 난 움찔했다. 그동안 내게 쏟아부을 욕을 차곡차곡 저장해두지 않았을까. 내가 악랄한 폭력배 레지 크레이랑 아는 사이라고 했던 걸 (실은 그렇지 않지만) 놈들은 아마 잊어버렸을 거다. 다행히 놈들은 내 쪽을 보지 않았다. 근처 연립에 사는 랄프 할아버지를 놀리느라 바빴기 때문이다. 그 할아버지가 밀고 다니는 격자무늬 천으로 된 쇼핑 카트도 놈들에겐 놀림감이었다. 죄책감이 들기는 하지만, 랄프 할아버지가 녀석들의 관심을 끌어줘서 마음이 놓였다. 랄프 할아버지는 꿋꿋이 버틸 수 있을 거다. 툭하면 사람들한테 '내가 맨손으로 독일놈을 셋이나 때려죽인 사람이야'라고 말하곤 했으니까. 콘월 출신이라 발음을 알아듣기가 힘들긴 했지만 대충 그렇게 말했던 것 같다.

🕐 밤 11시 20분

저녁에 펍에 갔는데 큰 변화가 나를 기다리고 있었다. 둔 탱이랑 튀긴 소시지 옆에 가서 앉았는데, 튀긴 소시지가 베서니 소식을 전해줬다. 베서니가 튀긴 소시지한테 인터레일 패스로 여행을 할 거라며 작별 인사를 했다는 것이다. 친구들이랑 프랑스, 스페인, 독일, 이탈리아를 쭉 돈다고 했다. 맙소사, 너무 질투 난다. 난 여기서 삼십 분도 채 안 걸리는 레스터 시까지만 가도 공황발작이 날 지경인데.

나도 유럽 일주를 하고 싶다. 유럽에서는 모두 나를 모를 테고, 내가 다이앤이란 여자의 딸이라는 것도 당연히 알지 못할 거다. 거기서 난 광대처럼 웃기는 뚱녀도 아닐 테고.

일 년만 기다리자. 출발하기 전에 살부터 좀 빼야 한다. 살만 빼면 굉장한 일들을 잔뜩 해낼 수 있다. 사는 게 지금이랑은 완전히 달라질 거다.

7월 6일 목요일

어메이징한 우리 엄마

🕐 밤 9시 40분

상황이 믿기지 않을 만큼 빠르게 달라졌다!

도저히 믿기지 않겠지만 믿어야만 한다. 내 인생에서 이런 똥 같은 일은 늘 일어난다. 불교 신자들의 말에 따르면, 이번 삶에서 당하는 곤경은 전생에 본인이 저지른 악행 때문이라고 한다. 그렇다면 나는 칭기즈칸, 스탈린, 히틀러 같은 역사적으로 유명한 미치광이였던 게 틀림없다!

두 번째 남편을 만나러 모로코에 갔던 엄마가 집으로 돌아왔다. 그런데 '아드난'이라는 이름을 가진 남자의 사진들을 가져왔다. 엄마는 그를 그냥 친구라고 했다. 아드난은 이십대로 모로코 보디빌딩 챔피언이자 미스터 북아프리카이며, 킥복싱 챔피언이란다. 그리고 마흔여섯 살인 엄마는 아드난이 우리 집에 당분간 머물기 위해 올 거라고 선언했다.

엄마의 두 번째 결혼이 좋났다. 두 번째 남편이 알고 보니 동성애자였단다!

일기, 네가 잘못 들은 게 아니야! 엄마의 두 번째 남편이 게이였대!

오해 말기를. 전혀 낌새를 못 챘던 건 아니었다. 엄마의 두 번째 남편은 은색 바지를 즐겨 입었고, 시스터 슬레지의 앨범들을 갖고 있었으며, 도나 서머의 〈난 사랑을 느껴요I Feel Love〉라는 곡이 담긴 12인치 음반도 갖고 있었다. 그래도 게이라니 충격이긴 했다. 우리 집에 온다는 모로코 남자는 그와는 완전히 딴판이다. 그런데 왜 하필 지금인 거지? 왜 엄마는 '내

전성기는 지났어. 이제 조용히 살아야지'라고 말할 줄 모르는 걸까? 왜 내가 보디빌더랑 이 집을 공유해야 하는 거냐고? 엄마는 그 남자가 아주 좋은 사람이라고 했으며 이미 그 남자 사진으로 도배가 된 앨범까지 갖고 있었다. 왜 나는 앞치마를 두르고 케이크를 굽는 그런 평범한 엄마를 가질 수 없는 걸까?

모로코 남자가 엄마의 새 남자친구로 판명 나면, 분명히 말해두겠는데, 차라리 가출해서 강변 풀밭에 가서 살 거다.

그런데 엄마는 뻔뻔하게도 이렇게 물었다. "여름 아르바이트는 어떻게 됐니?"

그게 지금 할 말이에요!!!!!!???

엄마는 선물도 하나 안 사왔다. 면세점에서 향수나 낙타 모양 장난감이라도 사오지. 대단한 건 바라지도 않는다! 공식적인 기록으로 남기려고 쓰는 건데, 엄마가 모로코 항공의 기내 잡지를 한 부 가져오긴 했지만 그건 선물로 치지 않겠다.

7월 10일 월요일
외로움을 홀로 견디기가 어렵다

🕐 오후 7시 10분

엄마는 이 모로코 보디빌더가 우리 집에 오는 일을 두고 전전긍긍하고 있다. 날 구워삶으려고 술책을 쓰는 것도 뻔히 보인다. 난데없이 내 방으로 올라오더니 상어처럼 낯선 미소를 지으며 억지로 쾌활한 목소리로 말했다. "이번 주 텔레비전 프로그램 안내란 봤니? 크리스 태런트가 나오는 모양이야." 엄마는 내가 어린이 프로그램인 〈오늘은 토요일, 보고 웃어요〉의 진행자였던 크리스 태런트를 얼마나 좋아하는지 잘 안다. 크리스 태런트에게 교사 경력이 있다는 얘기를 빼놓지 않고 덧붙였다. "그 사람도 대학을 나왔어, 레이첼." 엄마의 말은 항상 이런 식으로 흘러간다. 잘난 사람들은 다들 대학을 나왔다는 거. 그러니 나도 대학에 가야 한다는 거. 왜냐하면 엄마가 원하니까. 우리 가족 중 대학에 간 사람은 한 명도 없다. 그러니 나는 내게 주어지는 모든 기회를 최대한 이용해서 대학에 가야만 한다. 이 시점에서 내가 펄쩍펄쩍 뛰며 "그래요, 맞아요, 정말 그러네요!! 하라는 대로 할 게요, 엄마!!"라고 말하지 않으면 폭풍 잔소리가 쏟아진다. 말 한마디 까딱 잘못했다간 "돈 한 푼 없이 이런 형편없는 스탬퍼드 임대주택에서 평생 살고 싶니? 정말 그걸 원해? 그럼 공부 열심히 하지 마, 레이첼. 결국 엄마처럼 장래성도 없는 일을 해가면서 남은 평생을 보내게 될 테니까. 선택은 네 몫이야"라는 말을 듣게 된다. 매번 반복되는 레퍼토리라 거꾸로도 외울 수 있을 지경이다. 엄마는 내가 자궁 안에 들어 있을 때부터 이런 잔소리를 하지 않았을까.

엄마는 그러다 지금 내 방에 온 목적이 나를 자기편으로 구워삶기 위해서라는 걸 기억하고는 굉장히 힘을 주어가며 말했다. "차 마시면서 같이 먹을 소시지와 콩 캐서롤 만들어놨어." 그러고는 나를 앉혀놓고 두 번째 결혼이 끝장난 사연을 구구절절 늘어놓았다. 듣고 싶지 않았지만 귓구멍이 막혀 있지 않아 억지로 들어야 했다. 사연은 대충 이랬다.

두 번째 남편이 엄마에게 자신이 동성애자임을 알린 건 지난 4월이었다. 그것도 편지로 알렸단다. 전화기를 사놓긴 했지만 엄마가 전화기 코드를 꽂아놓지 않아 편지로 받은 것이다. 엄마는 화가 났지만 '전부터 짐작은 했었다'고 했다. 두 번째 남편과 친구로 남기로 했고, 아드난과는 '친한 친구 사이일 뿐'이라고도 했다. 또 아드난은 공부를 하러 영국으로 건너오는 것이라고 말했다. 모로코의 카사블랑카에서 아드난은 꽤 유명인사이며, 레스토랑 여러 개를 개업했고, 사람들이 사인을 요청하는 경우도 부지기수란다. 키는 183센티미터. 올금을 넣고 닭 한 마리를 통째로 끓인 스튜를 포함해서 하루에 여섯 끼를 먹는 그의 별자리는 염소자리고, 매일 운동을 한단다.

내가 절친인 모트에 대해 아는 것보다, 엄마가 아드난에 대해 아는 게 더 많았다! 내가 "여기 얼마나 오래 있을 거래?", "그 사람 유부남이야?"라고 묻기 시작하자 엄마는 별안간 아래층에서 누에콩이 끓고 있는데 다 타버릴지도 모른다며 후다

닥 내려갔다. 중요하게 속 깊은 얘기를 나눠볼라치면 늘 뭔가가 타고 있다며 도망쳐버린다.

외로움을 홀로 견디기가 너무 힘이 든다. 사방에 커플들이다. 집 밖에서는 그렇다 치더라도 집 안에서만큼은 아니길 바랐는데. 이기적인 생각인 건 안다. 하지만…… 어디에도 내 짝은 없다.

제니스 이안의 노래를 더 듣고 있다. 〈차와 동정심Tea and Sympathy〉이라는 노래다. 주인공이 집에 불을 지르고 목숨을 끊는 내용인데, 그 이유는 아무것도 남아 있는 게 없고 신경 써줄 사람도 없기 때문이다. 내 기분이 저조할 때마다 엄마는 같이 문제를 대면하거나 껴안아주기보다는 '차나 한 잔 마시렴' 하고 말하곤 한다. 하지만 우리 집은 불에 타지 않을 거다. 혹시 불이 날까 봐 내가 플러그 소켓과 다리미를 틈만 나면 자주자주 확인하고 있으니까.

우울하지만 속으로 삭이련다.

가을이 오기를

🕐 오후 6시 22분

끝장나게 덥다. 여름에 더우니 좋은 게 아니냐고 할지 모르겠지만 내게는 아주 나쁜 소식이다.

일단, 땀이 나기 시작하면 남들보다 오십 배는 더 눈치를 보게 된다. 다들 내가 덩치가 있으니 땀도 많이 흘릴 거라고 생각하기 때문이다. 옷 문제도 있다. 온 세상 여자들이 다 비키니며 배꼽티 같은 천 쪼가리를 최대한 조금 들여 만든 옷을 입고 평소보다 더 예쁜 모습으로 다닐 때, 나는 뚱뚱한 팔과 통통한 배, 뚱뚱한 무릎 때문에 한여름에도 큼직한 티셔츠와 긴 바지를 입어야 한다.

그러니 가을이 어서 오기를, 비가 내리기를, 얼른 추워져서 사람들이 옷을 스물일곱 겹으로 껴입고 큰 그릇에 스튜와 푸딩을 담아 퍼먹기를 바라는 바이다!

여름이 싫다. 열기도 싫다. 소외감을 느끼기도 싫다. 가끔 내가 너무나 싫다.

여름엔 주변에 온통 아이스크림이 넘쳐난다. 오늘도 나폴리 아이스크림 한 통을 거의 다 먹었다. 내가 빈 통을 아무 데나 놔둬서 가스난로 속에 살던 개미들이 그 통에 잔뜩 모여들자 엄마는 엄청 열을 받았다. 엄마가 개미들을 진즉에 처리하지 않고 내버려둬서 그렇게 된 건데 내 탓을 한다. 걱정 마세요, 엄마. 아드난이 오면 보디빌더답게 이글거리는 눈빛으로 저 개미들을 한 마리 한 마리 짓이겨주겠죠 뭐.

참 나.

7월 15일 토요일

모트와 낙타 열다섯 마리

🕐 밤 11시 51분

오늘 저녁에는 아는 애들이 아무도 안 나가서 나도 집에 틀어박혀 있었다. 다들 어디서 일을 하든지 아니면 지쳐서 늘어진 모양이다. 모트에게 전화를 걸었다. 모트는 이집트에서 재미난 시간을 보냈다고 했다. 어떤 사람이 모트의 아버지에게 낙타 열다섯 마리를 줄 테니 모트를 달라고 했다는 얘기도 들려주었다. 아랍 사람들은 금발의 젊은 여자를 좋아하는 모양이다. 그런데 엄마는 아랍 남자는 엄마처럼 성숙하고 살집 있는 여자를 좋아한다고 한다. 통통한 몸매는 전통적으로 부의 상징이라나. 남자들이 성냥개비처럼 마른 여자를 좋아하는 나라에서 사는 내게 엄마의 말은 설득력 있게 들리질 않는다.

모트에게 지금까지 일어난 일들을 죄다 털어놓은 후, 핀이 말실수를 했던 나를 용서해준 것 같으냐고 물어보았다. 모트는 "그래, 그런데 남자들은 속으로는 용서를 했어도 말로 표현을 잘못해. 감정을 내보이질 못한단 말이지"라고 말했다. 모트가 생각하기에는 핀이 다른 남자애들에 비해 그런 성향이 좀 더 강한 것 같다고 했다. 내가 핀이 영화《문라이팅》에 나오는 브루스 윌리스를 살짝 닮지 않았냐고 말하자 모트는 그런 것 같다고 대답했다. 다부진 체격에 킬러 같은 매서운 눈빛이 비슷하다.

잠이라도 제대로 자고 싶다. 밥 홀니스가 진행하는 〈챔피언 블록버스터즈〉라는 게임쇼에《오뎃사 파일》이라는 빌어먹을 영화까지 다 봤는데도 아직 눈이 말똥말똥하다.

7월 19일 수요일
신분상승

🕐 밤 10시 25분

오늘 저녁, 괴상하고 흥미로운 일이 일어났다. 수요일 저녁이면 늘 그렇듯 펍에서 대충 시간을 보내다가 둔탱이랑 함께 밖으로 나와서 레드 라이언 광장을 걷고 있는데, 어떤 놈이 우리 뒤에 끼이익— 하고 차를 세우더니 묻는 것이었다. "너희들 광란의 파티가 어디서 열리는지 알아?" "글쎄…… 몰라." 잠시 후 또 다른 차가 우리 옆으로 다가와 정확히 똑같은 질문을 했다. 이 정도면 불법이 난무하는 광란의 파티들이 링컨셔에서 정말로 열린다는 뜻이었다!

우리는 그중 한 파티라도 장소를 알아내 참석해야 했다. 나는 진짜 마약을 가까이서 본 적이 없다. 어쨌든 아까 그 사람들 눈에는 내가 광란의 파티에 참석할 만한 사람으로 보였다는 것이니 기분이 끝내준다.

7월 20일 목요일

난 잘못한 게 없다

🕐 늦은 시각

광란의 파티 장소가 어디냐고 누가 나한테 묻더란 말을 저녁에 엄마에게 했던 게 화근이었다. 엄마는 내가 아직 아무 짓도 하지 않았는데도 펄쩍 뛰며 난리를 쳤다. "그런 곳엔 얼씬거릴 생각도 마, 레이첼. 그런 데선 마약도 해!" "마약은커녕 담배 한 갑 살 돈도 없어요." "그러니까 네가 지금 담배를 피운단 말이지?" 난 담배 연기를 들이마시는 방법을 마스터할 수가 없어서 담배를 피우지 않는다. 그런데 엄마는 내가 담배를 피운다고 완전히 믿어버렸다. "담배를 피우다 익숙해지면 어느새 헤로인까지 하게 돼."

광란의 파티가 어디서 열리냐고 누가 나한테 묻더란 말을 지나가면서 한 게 이런 오버스런 반응을 이끌어냈음을 잊지 말기 바란다. 나는 엄마가 잔뜩 흥분해 있는 걸 알면서 일부러 물었다. "그런데 엄마는 광란의 파티가 어디서 열리는지 모르죠?" "신경 건드리지 마, 레이첼. 그건 그렇고 아르바이트 자리 얼른 구해야지." 엄마는 날 열두 살짜리로 취급한다. 잘못한 것도 없는데 야단을 친다. 엄마는 남의 머릿속까지 통제하는 사상경찰이다.

7월 21일 금요일

핀의 여친

🕐 밤 11시 44분

펍에 갔다가 방금 집에 들어왔다. 엄마는 문간에 서 있다가 물었다. "광란의 파티인지 뭔지에 갔었니?" "당연히 안 갔죠! 그런 파티는 새벽 5시에나 끝난다고요." "눈동자 좀 보자." (난 겨우 사과주 1파인트를 마셨을 뿐이다.) 그러더니 엄마는 휙

들어가 버렸다.

오늘 내가 알아낸 정보는 광란의 파티 장소가 스탬퍼드 인근이며, 요즘 밤마다 파티가 벌어지고 있다는 것이었다. 이런 식의 파티가 처음 시작된 시기는 아마 일 년 전쯤인 것 같고 (그때는 내 정신이 붕괴되어 있던 시기라서 그런 파티가 있다는 얘기도 듣지 못했다) 그 후 몇 번 더 파티가 열렸던 모양이었다. 그쪽에 대해 잘 아는 사람들 얘기로는 조만간 또 광란의 파티가 열린다고 한다. 둔탱이와 나는 그 파티에 꼭 가기로 했다. 그러기 위해 전혀 호감이 가지 않는 사람들과 친해져야 할지라도 말이다.

핀의 여친이랑 괴상한 대화를 나눈 것 외에 오늘 저녁엔 별다른 일은 없었다. 핀의 여친은 핀이 나랑 얘기를 나누고 싶어 한다고 말했다. 이게 좋은 징조인지 나쁜 징조인지 모르겠다. 내가 전에 만들어줬던 토스트를 먹고 핀이 속이 안 좋았나? 내일 저녁에는 핀이 펍에 나올 테니 알아봐야지.

핀의 본 모습

🕐 오후 2시 15분

어제 저녁은 정말 파란만장했다. 이건 최대한 절제해서 표현한 거다. 볼츠 펍 정원에서 아주 굉장했다. 튀긴 소시지가 술에 잔뜩 취해서 나는 그를 데리고…… 아니, 거의 들어 옮기다시피 해서 그의 집으로 데려갔다. 가는 길에 '데스 슈퍼 칩'이라는 튀김 음식점에 잠깐 들렀는데 글쎄 이 녀석이 튀김을 받고는 계산도 안 하고 튀어버렸다. 잔뜩 화가 난 음식점 사람들은 같이 도망치는 내게 소리쳤다. "저 망할 년!" "뚱뚱한 암소 같은 년!" 어쩌구저쩌구. 덕분에 한동안 그 가게에 얼씬도 못하게 됐다.

하지만 그건 별로 중요한 일은 아니다. 왜냐하면……

핀 때문이다!

아, 신이시여.

어제 저녁에 모든 게 바뀌었다. 볼츠 펍에서 핀은 내게 술한 잔을 사주고는 펍 정원까지 쫓아 나왔다. 난 속으로 생각했다. '어머 웬일!' 그는 "너희 아빠, 도둑이니? 하늘의 별들을 떼어다가 네 눈에 박아놓으셨구나" 같은 별 시답잖은 농담을 늘어놓았다. 그러다 여자 화장실까지 쫓아왔고 거기서 우린 본

격적으로 수다를 떨었다. 도저히 믿기지 않는 상황이었다. 그와 한 시간 정도 얘기를 나눈 것 같다. 난 남자랑 그렇게 오래 대화를 해본 적이 없다. 중간에 튀긴 소시지가 술에 잔뜩 취한 채 나타나자 핀이 그에게 말했다. "내가 지금 레이랑 얘기를 해야 되거든. 술 한 잔 사줄 테니까 저리 좀 가라!!" 그랬다. 핀은 잘난 척 쩌는 럭비선수가 아니었다. 너무나 멋지고 놀라운 사람이었던 거다. 거기다 다정하기까지.

어떻게 그동안 핀을 계속 거만한 놈이라고 오해할 수가 있었을까?

그는 어마어마하게 멋진 남자다. 난 핀이 하는 말을 전부 머릿속에 새겨두려고 정신을 바짝 차렸다. 그는 많은 사람들이 나를 목소리만 큰 잡년이라고 생각하지만, 막상 알고 보니 정말 사랑스러운 사람이더라고 말했다. 그래서 내가 전에 자기에 대해 안 좋게 말했을 때 무척 속이 상했다고 했으며 나더러 못생긴 게 아니라 좀 통통할 뿐이라고도 했다. 지금껏 살아온 삶과 집안 얘기까지 해주었다. 기숙사에 들어가 있는 것도 부자라서가 아니라, 아버지가 직업 군인이라 정부에서 학비를 지원 받기 때문이라고 했다. 지금 사귀는 여자친구와 자기 자신을 어떻게 생각하는지도 말해주었는데, 그는 의외로 자존감이 무척 낮았다. 이상하고 놀라웠다.

어떻게 이런 남자를 그동안 계속 나쁜 쪽으로 생각했을

까? 스스로에게 반복해서 묻게 된다. 내가 또 잘못 생각한 부분이 있지 않을까?

우린 오랫동안 얘기를 나눴다. 이렇게 잘생긴데다 성품도 좋은 남자가 어떻게 있을 수가 있지? 핀이 굉장한 단점도 갖고 있겠지만, 지금은 그런 게 전혀 안 보인다. 아, 신이시여.

7월 26일 수요일

핀핀핀! finn!

🕐 오후 4시 55분

호텔에서 설거지를 하게 됐다. 튀긴 소시지가 얻어다 준 일자리였다. 시급은 2파운드.

오늘 거기 가야 한다. 튀긴 소시지가 말했다. "요리사랑 면접을 볼 텐데, 뭘 해도 상관없지만 그 요리사의 뒷모습을 쳐다보지만 마. 궁둥이가 위아래로 잘려 있는 것처럼 깊게 금이 가 있거든." 하지만 나는 면접 때 그 요리사의 뒤태를 봤다. 정말이었다! 궁둥이 한가운데에 가로로 깊은 금이 가 있어서 마치 궁둥이가 두 쪽이 아니라 네 쪽으로 보였다! 주방에서 내가 할 일은 접시와 팬이 들어오자마자 설거지를 하고 요리사들이 시키는 대로 보조를 하는 것이다. '레'라는 이름의 늙다리가 설거지 기계 조작법을 가르쳐주며 말했다. "주방 돌아가는 시스템만 제대로 익히면 문제될 거 없어. 시스템을 파악하면 만사 오케이야." 별로 복잡할 것 같지도 않았다. 그때 마침 궁둥이가 네 쪽인 요리사가 허리를 굽히는 바람에 그쪽으로 시선이 쏠려서, 설명을 듣는 둥 마는 둥했다. 사고를 당한 걸까. 누군가가 치즈 자를 때 쓰는 가늘고 긴 철사로 그의 궁둥이를 반으로 갈라버린 것 같기도 했다. 어쩌면 케이터링 전문학교에 다니던 시절에 장난을 치다가 저렇게 되었을지도 모른다!

일요일부터 시작하기로 했다. 벌써부터 겁난다. 사회에서 일을 해보는 게 처음이다. 난 설거지를 그리 좋아하지 않는다. 시급은 나쁘지 않지만 설거지보단 펍에 가는 게 더 좋다.

펍에는 핀이 있으니까.

7월 28일 금요일
핀과 사귄다면

🕚 밤 11시 25분

저녁에 펍에 갔는데 별로 재미가 없었다. 핀은 오지 않았고, 핀의 여친만 왔다. 이상하게도 나는 핀의 여친이랑 꽤 좋은 친구가 되었다.

무슨 생각하는지 알아, 일기야. '넌 핀을 사모하지, 레이. 넌 핀을 사랑해. 이 나쁜 년. 어떻게 걔 여친이랑 친구가 될 수 있어?' 이렇게 생각하겠지. 내 생각을 말하자면 이래. '뭐, 내가 아무리 간절히 원해도 나랑 핀 사이에는 절대, 아무 일도, 일어날 수가 없어. 핀은 남학교에서 제일 잘생긴 축에 속하고, 난 그저 몸집 큰 뚱보 레이일 뿐이니까. 그러니까 난 핀의 여친한테 위협이 안 돼.' 그냥 내 생각은 이렇다고, 일기야.

핀과 사귈 기회가 생기면 그 기회를 잡을 거다. 당연히 잡고 만다. 반드시. 나쁜 짓인 줄 알지만 어쩔 수 없다.

광란의 파티가 내일 열린다고 한다. 베이커즈 오븐 빵집에서 일하는 남자가 술에 취해 우리 쪽으로 비틀비틀 걸어오더니 말했다. "광란의 파티. 내일. 링컨셔 포우처 펍 밖에서 접선. 밤 10시에 지령을 받아." 적어도 한 번은 참석을 하고 말테다. 어떤 파티인지 경험해보고 싶다. 갔다가 마음에 안 들면 집으로 돌아가면 된다.

미리 분위기를 느낄 겸 에스익스프레스와 디몹의 노래를 들었다. 헐렁한 추리닝 상의에 청바지를 입고 라즈베리색 컨버스 올스타를 신을 생각이다. 다른 사람들은 어떤 차림으로 올지 모르겠다.

내일은 핀이 펍에 오겠지만 그는 광란의 파티에는 가지 않을 거다. 안타깝다. 핀은 그런 파티에서 '두 손 들고 신나게 춤추는' 타입이 아니다.

7월 29일 토요일
핀에게 받은 **반지**

🕐 펍에서 돌아온 후

(몇 시인지는 상관없다. 시계를 쳐다보기도 싫다. 아침 7시에 일하러 가야 해서 알람을 맞춰놓기는 했다.)

둔탱이랑 저녁 7시쯤 볼츠 펍에 갔다. 광란의 파티에 갈 준비를 한 사람들이 꽤 많이 와 있었다. 그런데 그들은 나처럼 추리닝 상의 차림이 아니라, 멋진 조끼를 입었고 손에는 호루라기를 들었다. 어떤 여자애들은 핫팬츠를 입었다. 난 레즈비언은 아니지만 걔들 몸매가 너무 멋져서 절로 시선이 갔다. 매끈하게 뻗은 다리, 다리미판처럼 판판한 배. 내 몸뚱어리는 저들하고는 경쟁 자체가 안 된다.

핀이 저녁 8시 반쯤 볼츠에 들어왔다. 그를 보자마자 내 심장은 공중으로 3미터쯤 펄쩍 뛰었다. 그는 학교 이름이 찍힌 낡은 럭비 셔츠에 찢어진 청바지를 입었지만 끝내주게 섹시했다.

난 못 본 척했다. 그런데 핀이 내게 다가와 한쪽 무릎을 꿇고 말했다. "레이, 나랑 결혼해줄래?" 난 다정하게 "꺼져, 등신아!" 하고 대꾸했지만 속으로는 황홀했다. 그는 짐작도 못할 거다. 그에 대한 감정을 잘 숨기고 있으니까. 핀은 싸구려 반지까지 내밀었다. 나중에 우리 결혼이나 할까, 하는 농담을 전에 한 적이 있어서 장난을 치는 것이다. 우린 잠깐 수다를 떨었다. 핀이 물었다. "오늘 그 파티에 가게?" 그렇다고 하자 그가 말했다. "아, 그러지 말고 그냥 여기서 나랑 튀긴 소시지랑 재미난 얘기나 하자." "아니, 꼭 가야 해, 친구. 둔탱이랑 약속했어." 나만의 착각인지 모르겠지만 이 말에 핀은 꽤 낙담하는 표정이었다.

밤 10시가 되기 전에 나는 둔탱이랑 링컨서 포우처 펍으로 터덜터덜 걸어갔다. 시간이 되자 베이커즈 오븐 빵집에서 일하는 놈이 달려와 소리쳤다. "짭새들이 냄새를 맡았다! 다음 주 토요일로 변경한다! 시간은 동일하다!" 나랑 둔탱이는 다시 볼츠 펍으로 돌아왔다. 와서 보니까 핀이 여친이랑 구석 자리에서 진지하게 얘기를 나누고 있었다. 튀긴 소시지 말로는 벌써 한참을 저러고 있다고 했다. 싸우는 걸까. 핀의 여친은 울고 있었고, 핀은 그 애 어깨를 쓰다듬었다. 나는 더 이상 그들 쪽을 쳐다볼 수가 없었다.

핀이 준 싸구려 반지가 벌써 녹이 슬고 있었다. 상관없다. 누구나 꿈은 꿀 수 있으니까. 난 핀을 사랑하지만, 핀은 날 사랑하지 않는다.

내일 일하러 가기가 두렵다.

7월 30일 일요일

악몽의 설거지

🕙 밤 10시 50분

설거지 일은 완전, 제기랄 악몽이었다. 아침 9시에 호텔에 도착했다. 아침식사 때는 거의 계란 요리만 주문이 들어와서 그럭저럭 버틸 만했다. 문제는 점심이었다.

똑같은 그릇을 열다섯 번째 보고 나는 충격을 받았다. 손님들은 망할 그라탱만 주문해댔다. 다음에 고급 레스토랑에서 식사할 일이 있으면 난 절대 그라탱은 주문하지 않을 거다. 재료가 그릇에 딱 달라붙어서 설거지 담당자에게는 숫제 고문이다.

어느 시점에서 설거지가 좀 밀리자 요리사들이 팬을 달라며 고함을 쳐댔다. 팬에 눌어붙은 음식을 수세미로 문지르고 또 문질렀지만 좀처럼 떨어지질 않았다. 내가 고안한 설거지 시스템은 전혀 먹히질 않았다. 그러자 다른 주방에서 일하고 있던 늙은 설거지 담당자 레가 와서 도와주었다. 그는 자기만의 시스템을 알려주었고 그대로 하니 훨씬 일이 수월해졌다. 하지만 여기서는 일하면서 라디오를 들을 수가 없다. 뭐 이런 직장이 다 있어?

오직 핀에 대한 생각만으로 힘든 시간을 견뎌냈다. 머릿속으로 천 가지 시나리오를 써댔다. 대개가 내가 30킬로그램쯤 감량하고 핀이랑 섹스를 하는 것으로 끝난다. 하지만 아무리 핀에 대한 생각으로 머릿속을 채우고 있어도 음탕한 중늙은이 요리사가 다가와 날 껴안고 "난 이렇게 포동포동한 애들이 좋더라"며 주절대는 것까지 막지는 못했다. 왜 이런 중늙은이들이 나를 좋아할까? 잘생기고 젊고 탱탱한 럭비선수들이 아니라?

화요일에 다시 설거지하러 가야 한다. 벌써부터 식은땀이 난다. 사람이 할 짓이 아니다.

7월 31일 월요일

새로운 고문

🕐 밤 10시 10분

몸이 아파서 아침 내내 침대에서 일어나지도 못했다. 엄마는 고소해하는 눈치였다. "일이라는 게 원래 그래, 레이첼. 대학에 가면 평생 그런 힘든 일은 안 해도 돼." 어쩌구저쩌구.

한 술 더 떠서 저녁에 펍에서는 새로운 고문이 시작되

었다. '어 가이 콜드 제럴드'라는 예명을 쓰는 가수가 부르는 〈부두 레이Voodoo Ray〉라는 노래가 나오자 다들 그 노래의 뮤직비디오에서처럼 손을 위아래로 휘저으며 나를 향해 노래를 불러대는 것이었다. 광란의 파티에 어울리는 노래이긴 하지만, 부두 레이의 레이는 'Ray'이고, 내 이름인 레이첼을 줄여서 부르는 레이는 'Rae'이니 철자도 엄연히 다르다. 몇몇은 나를 부두 레이라고 부르기 시작했다. 레이먼드, 레이몬도, 레이폰스에 이어 부두 레이라는 별명까지 붙었다. 내 이름은 레이다. 그 외에 다른 이름은 사양하겠다. 난 별로 남성적이지도 않은데 사람들은 자꾸만 내게 남성적인 별명을 붙여댄다.

8월

August)

8월 1일 화요일

일당 16파운드

🕐 밤 11시 40분

일이 너무 힘들다. 진짜진짜 힘들다.

저녁 조에 지원했는데 아무리 돈을 많이 준대도 견디기 힘들 정도였다.

저녁식사를 하러 온 손님들은 치즈가 들어간 요리와 크럼블을 주로 먹었다. 애플 크럼블은 그릇에 타르처럼 끈적끈적하게 붙어서 죽어라고 안 떨어졌다. 라자냐 접시는 지옥 같아서 보기만 해도 두려움이 밀려왔다. 주방 냄새를 온몸으로 풍기며 기름에 떡이 진 머리를 하고 집으로 돌아가고 있는데 누굴 만났을까? 바로 핀이었다. 배수로에 빠진 뚱뚱한 햄스터 꼴을 하고서 핀을 만난 거다. 핀이 상큼한 모습이라 나는 더 비참했다. 날씬해질 수만 있다면 우리 집을 불태워버려도 좋아, 라는 생각을 하며 집으로 갔다.

호텔에서 12일까지는 설거지하러 안 와도 된다고 했다. 신이시여 감사합니다. 겨우 일당 16파운드 받자고 이 지옥을 계속 견뎌야 하는지 솔직히 모르겠다.

튀긴 소시지, 너냐?

🕐 밤 11시 35분

열 받았다.

금요일 밤인데 펍에서는 왜 그리 지루한지. 튀긴 소시지가 히죽거리며 재미난 걸 보여주겠다더니, 펍 정원에서 오줌을 싸면서 빙글빙글 돌았다. 오줌이 사방으로 튀니까 다 큰 남자들이 비명을 질러대는데 그 많은 남자들이 그렇게 소리를 지르는 건 처음 들어봤다. 하지만 튀긴 소시지가 덩치도 크고 머리도 빡빡이라서 아무도 감히 그에게 펀치를 날리지는 못했다. 그 외에는 별일 없었다. 그런데 거의 파장 때쯤 핀이 내게 말했다. "괜찮으면 집까지 바래다줄게. 좀 늦었잖아." "그래, 그러든지." 오 세상에!

우린 음악을 비롯해 이런저런 잡담을 나눴다. '그래!!! 난 이 남자를 사랑해!' 이런 생각을 하면서 걷는데, 마운트배튼 가(街)에서 갑자기 핀이 말했다. "있잖아, 레이. 넌 꼭 큰누나 같아."

큰누나라니.

잘생긴 녀석들이 뚱뚱한 여자들한테 완전히 정을 떼지는 않으면서 성적으로는 거리를 두고 싶을 때 하는 말이다. 해석

207

하자면 '난 널 사랑하지만 네가 원하는 방식으로는 아니야'라는 뜻인 거다.

"그래, 알아. 너도 나한테 남동생 같아." 미소를 지으며 이 말을 했지만 속으로는 절망했다.

내가 핀을 좋아한다고 누가 핀에게 말한 걸까? 튀긴 소시지가 제일 의심스럽다. 그게 아니면 핀이 갑자기 이런 말을 할 이유가 없잖아?

핀 생각을 더 이상 못하겠다. 울면서 닥치는 대로 뭐든 부수고 싶은 심정이다.

내일은 광란의 파티다. 파티나 생각해보자.

8월 6일 일요일

30파운드의 그것

🕐 오후 2시 23분(광란의 파티에 다녀와서)

어디서부터 얘기를 시작해야 할까.

어제 저녁은 내 인생에서 제일 기묘한 날 중 하나였다. 일단, 내가 정신병동에 있다가 나온 여자라는 걸 잊지 말기를.

둔탱이가 엄마 차를 끌고 나와 (걔네 엄마는 스페인에 가 있어서 우리가 자기 차를 빌린 줄 모르심) 밤 10시에 링컨셔 포우처 앞에 세웠다. 이십 분쯤 후에 모리스 마이너 차가 우리 옆으로 지나갔고 그 차 조수석에 탄 놈이 소리쳤다. "마시 해리어로 가라!" 믿기지가 않았다. 마시 해리어 펍은 일흔 살 이상의 노땅들만 가득해서 우리가 산송장들이나 가는 펍이라고 폄하하던 곳이기 때문이었다. 어쨌든 거기 가보니 우리 같은 애들이 잔뜩 있었다. 마시 해리어의 단골들은 우리가 떼강도 짓이라도 하려고 온 줄 아는지 별로 행복한 얼굴들이 아니었다. 나중에 알고 보니까 광란의 파티 조직자가 마시 해리어를 중간 접선 장소로 고른 이유는 '짭새들이 노인네들 펍에는 얼씬거리지 않을 것 같아서'였다고 한다. 잠시 후 어떤 놈이 차를 타고 지나가며 소리쳤다. "라이홀로 모여라!" 우리는 즉시 라이홀로 향했다. 가보니까 당나귀들이 돌아다니는 들판이었다. 우리가 그럴 줄 알았다며 포기하려는데 차들이 반대 방향으로 줄지어 쌩쌩 지나가는 것이었다. 둔탱이가 말했다. "저것들 뒤를 따라가보자." 둔탱이가 갖고 있는 광란의 파티스러운 음악이 〈부두 레이〉뿐이라서 우린 그 노래를 요란하게 틀어젖히며 차를 달렸다. (둔탱이가 카일리 미노그의 노래 〈확실히 해줘야겠어Got To Be Certain〉를 틀려고 했지만, 광란의 파티 참석자들이 음반 차트에 오른 댄스 음악을 싫어한다는 걸 아는 내가 반대했다.) 마침내 우리는 어핑턴 근처에서 차를 세웠다. 음악 소리가 들렸다! 장난 아니게 시끌벅적한 댄스 음악이었다.

길가에 차를 대고 음악 소리를 따라 가까이 가면서 보니까 들판에 사람들이 모여 있었다. 다들 완전히 미친 것 같았다. 베이커즈 오븐 빵집에서 일하는 놈은 제빵사용 머리망을 쓰고 호루라기를 불어댔다! 음악도 엄청 빨랐다. 리듬이 몇 bpm인지 세어보려고 했는데 너무 빨라서 그만 놓치고 말았다. 디몹의 〈우린 그걸 애시드라 부르지We Call It Acieed〉 말고는 아는 노래도 없었다. 그런데 이 노래가 나오자 어떤 사람들은 그게 음반 차트에 올랐다며 항의를 해댔다. 모두가 입안에 무언가를 넣고 질겅질겅 씹고 있었고, 사람들이 끊임없이 다가와 몸을 만지며 괜찮은지 물었다. 괴상했다. 여기저기 서성대면서 '그것' 좀 살 의향 있냐고 묻는 놈들도 있었다. 그것이 뭔지는 몰라도 값을 30파운드나 불렀다! 나랑 둔탱이는 안 산다고 거절했다.

구경만 하다가 두 시간쯤 후에 자리를 떴다. 때마침 경찰차 한 대가 우리 곁을 지나 파티 장소로 달려가고 있었다. 봉변을 피하게 되어 다행이었다. 나는 둔탱이네 집으로 가서 토스트를 좀 먹고 소파에 퍼질러 앉았다.

난 광란의 파티가 생각보다 영 별로였는데 둔탱이도 같은 생각이었다.

그저 괴상하기만 했다. 파티에 녹아들어간 기분이 들지 않고, 그냥 남의 파티에 초대 받아 가서 우두커니 구경만 하다

온 것 같았다.

쌈박하게 생긴 남자들이 내 몸을 만지고 관심을 보여줬다는 것에 만족하기로 했다. 그것만으로도 그 파티에 간 의미는 충분했다.

하지만 핀은 그 파티를 무척 싫어했을 것 같다.

8월 7일 월요일
....

엄마한테 한 방 먹였다

🕐 오후 5시 14분

하!! 방금 전에 엄마가 말했다. "울워스 할인점에서 일하는 여자한테 들었는데 토요일 밤에 어핑턴 근처에서 광란의 파티가 있었대. 넌 거기 안 가길 잘했어. 마약쟁이들을 경찰이 잡아갔다더라." "아, 그래요?" 신이 나서 내 방으로 올라가 펄쩍펄쩍 뛰고 싶은 심정이었다! 엄마한테 한 방 먹였다. 내 청바지에 들판에 있던 잡초 풀 얼룩이 묻어 있었는데 엄마는 눈 뜬 장님처럼 못 알아챘다!

8월 8일 화요일

핀이 타준 커피

🕐 오후 12시 50분

무화과의 파티에는 마리화나를 피우는 히피들이 드글드글했다. 나는 둔탱이랑 신나게 수다를 떨었다. 금요일에 우리는 앨턴 타워 테마파크에 놀러가기로 했다!! 핀이랑 그의 여친은 어젯밤 11시에 잠자리에 들더니 오늘 아침 8시 반이 되도록 방에서 나오질 않았다. 난 질투로 활활 타올랐다. 부러워 미칠 것 같았다. 분노가 치민 나는 결국 냉장고를 습격하고 말았다. 냉장고 문을 여니 스크루볼 아이스크림이 있어서 슬쩍 입에 털어넣었고, 아이스크림 밑바닥에 있는 껌은 밤새 질겅질겅 씹었다. 아침이 다 돼서야 방에서 나온 핀은 내 목덜미를 살짝 꼬집으며 말했다.

"커피 한 잔 줄까?"

그리고 내게 커피를 만들어주었다. 좋았다.

내 말은 커피가 좋았단 얘기다. 그가 내 목덜미를 꼬집었을 땐…… 좋은 정도가 아니라 황홀했으니까.

튀긴 소시지는 줄곧 사람을 짜증 나게 했다. 나랑 얘기를 하면서 그는 여성을 '쌍년'과 '걸레' 두 부류로 나누었다. 그는 나를 쌍년으로 분류했다. '걸레로 취급되기엔 성격이 너무 좋아서'라나. 아무래도 헤어진 전 여자친구 때문에 맛이 갔나 보다. (새로운 날처럼 순진한 줄 알았던 그 여자친구가 알고 보니 튀긴 소시지를 만나면서 다른 남자들과도 난잡하고 놀았다고 한다.) 하!!!

그래도 남자도 마음의 상처를 받는다는 걸 알게 돼서 좋았다고나 할까?

핀의 태도

🕐 밤 11시 19분

그리 기분 좋은 밤은 아니었다. 핀이 못되게 굴었다. 남자애들이 많이 모인 펍에서 그는 마치 나를 모르는 사람 대하듯 했다. 내 옆으로 지나가면서 한쪽 눈썹을 찡긋 올리고는 "재미 좋아, 레이?"라고 슬쩍 말을 건넨 게 전부였다. 남자들은 다른 남자들이랑 같이 있을 때면 나를 대하는 태도가 완전히 달라진다. 어처구니가 없다.

내가 자기한테 정을 떼고 증오하길 바라는 건가. 그럴 필요 없는데. 결국 난 핀에 대한 마음을 정리하고 그냥 친구로만 좋아하게 될 거다. 어쩌면 이미 그러고 있는지도 모르겠다.

8월 10일 목요일

속이 탄다

🕐 밤 12시 27분

잠이 오지 않는다. 어젯밤에 쓴 일기는 새빨간 거짓말이다. 난 여전히 핀에게서 헤어나지 못하고 있다. 내일이라도 핀이 나한테 데이트 신청을 하면 과연 그걸 거부할 수 있을까??!! 핀은 절대 그냥 친구가 될 수 없을 거다. 그런 식의 친구라는 게 진짜 있는지도 모르겠지만. 근본적으로 우리는 각자 나름의 생각을 갖고 사는 존재다. 나는 나고, 고양이는 고양이인 것처럼. 우리 집 고양이는 가끔 나한테 반항을 하고 내 이불에 털갈이를 해놓는다.

난 왜 이렇게 비뚤어졌을까. 내 안에 절대적인 괴물을 만들고 말았다. 하지만 한편으로는 늘 웃음과 관심을 바란다. 어떻게 해야 이런 바람을 품위와 존경에 대한 갈망과 조화시킬 수 있을까? 노력이라도 해봐야겠다.

롤러코스터 안전벨트

🕐 늦은 시각

둔탱이랑 앨턴 타워 테마파크에 놀러가 멋진 하루를 보냈다. 엄청 웃기도 했지만 위태로운 순간도 있었다. 둔탱이는 2월에 운전면허증을 따고 운전을 거의 안 하다가 나랑 테마파크에 가느라 차를 끌고 나왔는데 갑자기 안색이 창백해지면서 주절거리는 것이었다. "세상에, 맙소사, 레이. 고속도로야, 레이. 고속도로." 알고 보니 둔탱이는 3차선 도로에서 운전을 해본 적이 한 번도 없었다. 우리는 왼쪽 끝 차선만 줄기차게 따라간 끝에 겨우 무사히 목적지에 도착했다.

앨턴 타워 테마파크에 도착해서 보니 인파가 엄청났지만 정말이지 멋진 곳이었다. 하지만 그곳에서도 난 여전히 겉도는 느낌이었다. 공중에서 수차례 빙글빙글 도는 코르크스크루 롤러코스터라는 놀이기구를 탔는데 안전대가 내려와 내 배에 딱 붙는 것이었다. 둔탱이의 경우에는 안전대와 배 사이의 간격이 7~8센티미터는 되었는데 말이다. 만약 둘이 안전대 하나를 공유하는 식이었으면 둔탱이는 더 조이지 못하고 나 때문에 안전대 밑으로 미끄러져 공중에서 떨어지고 말았을 것이다. 플룸라이드는 모르는 사람들과 함께 탑승을 해야 했는데 같이 줄을 선 사람들은 '제발 쟤랑 같이 안 탔으면 좋겠다'라는 눈빛으로 나를 흘끗거렸다.

결국 내가 날씬했으면 일어나지 않았을 문제들인 것이다.

내일은 일을 하러 가야 한다. 아침 6시부터 오후 2시까지. 생각만 해도 토 나올 것 같다.

8월 12일 토요일

핀한테 다 줄거다

🕐 오후 3시 40분

그래, 이참에 일을 때려치워야겠다. 아무 가치도 없는 일이다.

오늘은 아침 조로 일했다. 엉덩이가 네 쪽인 요리사가 당번이었는데 나더러 "설거지하면서 재료 준비도 좀 해라" 하고 지시했다. 주방 다른 쪽에 가서 해산물 요리 준비하는 걸 도우라는 뜻이었다. 해산물을 계란에 담갔다가 빵가루를 입히는 일인데 꼭 콧물을 손에 묻히는 기분이었다.

조리에 쓴 팬은 한 옆에 쌓여만 가고 다른 요리사는 점점 열을 받고 있었다. 주방 바닥은 수도관이라도 터진 것처럼 물바다인데 나는 걸레질할 시간도 없었다. 엉덩이가 네 쪽인 요리사가 말했다. "대걸레 이리 줘." 그는 내 앞에서 허리를 굽히고 걸레질을 하며 괴상한 둔부를 내보였다. 내가 낄낄대자 그가 소리쳤다. "웃기냐! 여긴 호텔 비즈니스를 하는 곳이야!" 학교에서 선생님들은 그 요리사처럼 나한테 고함을 친 적이 없었다. 설움이 북받쳐 눈물을 찔끔거리자 그가 말했다. "화장실 가서 마음 가라앉히고 와." 시계를 보니 오전 10시밖에 안되었다. 네 시간을 더 버텨야 했다! 간신히 해내다가 끝에 가서 말썽이 좀 생기기는 했다. 그래서인지 집에 가려는데 아무도 잘 가라는 말을 안 하더군. 똥 같은 곳이다. 더는 그런 데서 일 못하겠다. 엄마가 뭐라고 하든 상관없다.

　무화과가 오늘 저녁 집에서 파티를 열기로 했다. 핀은 아르바이트 때문에 못 온다. 차라리 다행이다. 밤새 다른 여자랑 섹스를 하고 아침에 방에서 기어 나오는 핀의 모습을 보지 않아도 될 테니까. 큰 셔츠를 입고 꾀죄죄한 몰골로 사방에 털을 떨어뜨려놓은 그 꼴을 안 봐도 될 테니까. 망할. 난 핀이 너무좋다. 그가 나더러 앞으로 두 주일 동안 쉬지 말고 라자냐 접시를 닦으라고 해도 난 할 거다.

8월 15일 화요일

이십 년간의 자랑거리

🕐 오후 4시 30분

　일을 그만뒀다. 그러기 위해 엉덩이가 네 쪽인 요리사를 거쳐야 했다. 등에 통증이 있어서 계속 일하기가 힘들다고 했더니, 그는 내 척추가 압박을 받고 있는지 어떤지 자기가 어떻게 알겠냐고 놀려댔다. 내 몸에 살이 많아 모르겠다는 소리였다. 그래요, 잘나셨네, 난 적어도 엉덩이는 멀쩡하게 두 쪽이거든요. 댁은 네 쪽이지만요. 재수 없어!

　물론 이 말을 그 요리사에게 대놓고 하지는 않았다. 나는 간단히 "고맙습니다"라고 말하고는 주방을 나왔다.

　엄마가 알면 난리를 치겠지만 그러거나 말거나. 날 집에서 내쫓지는 않겠지. 내가 대학에 가면 엄마는 앞으로 이십 년은 사람들한테 자랑할 수 있을 테니까.

엄마의 **무슬림** 남친

🕐 저녁 7시 12분

다들 숙취가 심해서 오늘은 아무도 펍에 가지 않았다.

엄마는 아드난이 오면 쓰게 해준다며 집에 남는 침실을 치우기 시작했다. 우선 오빠 방에 붙어 있던 오토바이 포스터와 '에이씨디씨' 로큰롤 밴드의 포스터를 몽땅 뜯었다.

(십일 년 전 이 집에 처음 이사 들어오던 날 파이 꿈을 꾸고 싶다며) 오빠가 천장에 붙여놓은 돼지고기 파이 포스터까지 떼어버렸다. 오빠가 집을 떠나긴 했지만 그래도 오빠 방을 이렇게 마음대로 건드리는 건 무례한 짓이다. 엄마는 까만 벽에 페인트칠을 했고, 무슬림인 아드난을 위해 특별히 율법적으로 도살된 고기를 구해다 놓기까지 했다. 그건 곧 엄마가 레스터구까지 고기를 사러 갔다 왔단 얘기다. 엄마는 그 남자를 만족시키기 위해 앞으로 얼마나 더 이런 짓들을 해댈까? 아드난은 그냥 이 집에 잠시 머무르기 위해 오는 손님이 아닌 것 같다. 사실 우리 집에는 지금까지 그런 손님이 온 적도 없다!

아, 젠장. 동네에 뭐라고 소문이 돌까? 다들 얼마나 쑥덕거리고 씹어댈까?

지금이야말로 엘비스 코스텔로의 〈올리버의 군대Oliver's

Army〉를 최대 음량으로 틀어놓고 한 단어 한 단어 목이 터지게 불러야 할 때다. 그래요, 엄마, 엄마가 지금 보는 텔레비전 프로그램 소리가 내가 틀어놓은 노래 때문에 물론 잘 안 들리시겠죠…… 걍 참으세요. 〈당신도 여기 있었으면 좋겠네……?〉인지 뭔지 하는 텔레비전 프로그램보다 코스텔로의 노래가 훨씬 중요하거든요. 아뇨, 이 노래가 멕시코 느낌이 좀 나긴 하지만 난 멕시코에 환장하지 않았어요. 그건 왜 물어보세요? 내가 멕시코에 환장했다고 하면 보건사회보장성에서 지원금이라도 준대요?

8월 19일 토요일

핀 앞에선 **븅신**이 된다

🕐 밤 11시 50분

오늘 저녁에 펍에 가긴 갔는데 별로 재미는 없었다. 따분하게 시간을 때우고 있는데 아, 핀이 들어왔다…….

핀은 경탄스러울 정도로 멋진 놈이다. 그는 상냥하고 그의 여친은 고상하다. 오해는 말길. 우리 사이엔 아무 일도 안 일어날 테니까. 물론 가끔 내가 핀의 시간과 관심을 차지할 때면 핀의 여친이 살짝 질투를 하면서 분위기가 거북해지곤 하지만 말이다. 어쨌든 핀은 오늘 정말 사랑스러웠다. 나더러 추워 보인다며 입고 있던 바버 재킷을 빌려주기도 했다. 아, 핀의 모든 면이 다 좋다. 하지만 난 그에게 내가 가진 최고의 모습을 보여주지 못했다. 늘 우울하고 정신 나간 모습, 후드티에 그레이비소스를 덕지덕지 묻힌 후줄근한 모습만 보여줄 뿐. 엄마가 아드난이 쓸 시트를 빨아야 된다며 세탁기를 차지해서 후드티를 빨 수가 없었다. 아드난은 아직 우리 집에 도착도 안했는데 벌써부터 내 신경을 긁고 있다.

8월 21일 월요일

핀의 재킷

🕐 밤 10시 10분

후우…… 엄마의 새 모로코 '친구'인 아드난이 드디어 왔다.

덩치가 거의 산처럼 거대했는데 키는 190센티미터나 되고 옆으로도 딱 벌어졌다. 그가 영어를 한마디도 못해서, 나는 중등교육자격시험을 보려고 익힌 프랑스어를 동원해 대충 대화를 했다. 그래 봤자 물고기, 옷, 동물원, 날씨 얘기가 고작이었지만. 내가 기억하는 프랑스어 단어들이 그런 쪽밖에 없었다. 사람은 나쁘지 않은 것 같았다. 치아는 정말 끔찍할 정도로 엉망진창이었다. 엄마는 아드난을 '그냥 친구'라고 하는데, 그가 그냥 친구면 난 마돈나다.

핀이 준 바버 재킷으로 자꾸만 시선이 간다. 왁스로 방수 코팅한 재킷일 뿐인데 계속 쳐다보는 게 웃기긴 하지만, 나름 아름다움이 느껴진다. 의자에 걸쳐져 있는 모습도 멋스럽다. 살짝 늘어진 남성적인 모양의 그 재킷에서는 면도 후에 바르는 화장수 냄새가 난다.

8월 22일 화요일

운전면허

여러 친구가 운전면허 시험에 합격해 차를 몰고 다닌다. 그런데 나는 아직도 앞에 망할 바구니가 달린 롤리 쇼퍼 자전거나 탄다. 이러니 남자들이 나한테 흥미를 안 갖지.

엄마와 아드난은 그냥 좋은 친구 사이가 아니다. 엄마의 말을 곧이곧대로 믿을 만큼 난 멍청이가 아니다. 오늘 새벽 2시에 엄마가 아드난의 방으로 들어가는 소리를 들었다. 난 라디오를 켰다. 최대 음량으로. 그 방에서 흘러나오는 어떤 소리도 듣고 싶지 않았다. 엄마는 이 남자에서 저 남자로 곧바로 건너뛴다. 수화로밖엔 대화를 나눌 수 없는 남자라고 해도, 서로를 안 지 오 분밖에 안 된 남자라고 해도, 나보다 하루에 먹는 양이 더 많은 남자라고 해도(그래도 엄청 좋은 몸매를 유지하는 남자이긴 하지만, 젠장!), 어떤 상황에서도 엄마는 멈추질 않는다. 엄마랑 아드난은 결혼하게 될 것 같다. 오늘 아드난은 바텐버그 케이크 하나를 통째로 먹어치웠다. 마치 내가 마즈 초코바를 먹듯이 말이다.

아드난의 앵무새 새장

🕐 밤 9시 15분

    저녁에 집에 돌아왔는데 뒤뜰에서 끙끙대는 소리가 들렸다. 가서 보니 아드난이 양동이 두 개에 진흙을 담아 그걸로 웨이트 트레이닝을 하고 있었다! 내가 인사를 했는데 그는 자기만의 세계에 빠져 있어서 듣지 못했다. 엄마는 아드난이 '몸이 늘어지고 근육량이 줄까 봐' 걱정하고 있다고 했다.

    여기가 내가 사는 집 맞나요? 이 집에서 일어나는 일 맞는 거죠? 엄마는 아드난도 자기처럼 작은 앵무새를 좋아한다며 새장을 만들어야겠단다. 그러더니 왜 내가 이 집에서 음악을 듣고 몰티저스 초콜릿을 먹으며 내 방에서 살고 있는지 그 이유를 새삼 궁금해했다!

아드난은 모든 노래를 아랍풍으로 흐느끼듯이 불러댄다. 오늘도 내가 마돈나의 노래를 최대 음량으로 틀어놨는데, 아드난이 마돈나의 〈속물적인 여자Material Girl〉를 무슨 이슬람 기도처럼 따라 불렀다. 이런 건 내 삶이 아니다. 여긴 링컨셔 스탬퍼드의 에든버러 로에 위치한 우리 집이란 말이다. 난 평범한 삶을 원한다. 영국식 오븐 감자구이와 로스트 디너를 원한다. 망할 모로코 식 타진과 쿠스쿠스 요리가 아니라.

🕐 밤 11시 20분

아드난이 태어나 처음으로 다림질을 시도했는데 다리미를 끄지 않고 켜두었다!! 외출하기 전에 최소한 스무 번은 집안 곳곳의 플러그를 확인하는 내가 아니었으면 큰일 날 뻔했다. 내가 제일 두려워하던 일이 현실로 일어나고 있다. 이건 악몽이다.

핀이 와서 날 구해주면 얼마나 좋을까. 하얀 말을 타고 오면 더 좋겠지만 걸어서 와도 괜찮다.

베서니는 여전히 XX

🕐 밤 10시 19분

길고 자세히 쓰기엔 지금 너무 열 받은 상태라 사실만 간단히 적겠다.

1〉 베서니가 어제 돌아왔다. 인터레일 패스로 한 유럽 여행이 굉장히 멋졌다고 한다. (물론 그랬겠지.)

2〉 베서니의 새 스위스 남친 디터는 '기관차처럼' 힘이 좋고, 디터의 아버지는 플라스틱 공장을 소유하고 있다고 한다.

3〉 베서니와 디터 커플의 주제가는 글로리아 에스테판의 〈당신을 잃고 싶지 않아요Don't Wanna Lose You〉다. (내가 미쳐.)

4〉 베서니는 해외여행을 하면서 4킬로그램이나 빠졌다. (어우 쌍년.)

5〉 베서니는 왜 내가 그동안 살을 못 뺐는지 이해하지 못했다.

6〉 베서니는 우리가 더 이상 절친은 아니지만 학교에서 서로 성숙하고 교양 있게 굴자고 말했다. 우리의 우정이 붕괴된 이유가, 자기는 나를 미운 오리 새끼에서 백조로 변신시키려고 하는데 내가 확신을 갖고 따라주지 않기 때문임을 이

번 여행을 통해 깨달았다고 했다. 이 생각에 자기 엄마도 동의했단다.

펀의 재킷을 걸치고 집으로 돌아오는데 재킷의 느낌이 너무 좋았다. 라디오에서는 셰익스피어 시스터의 〈당신은 역사You're History〉가 흘러나왔다. 내 속마음이 고스란히 담긴 노래였다.

9월

September

9월 1일 금요일

핀이 내 눈을 볼 때

🕐 밤 10시 25분

어제 저녁, 핀과 그 여친이 날 보고도 모른 척하기에 오분 정도 꽤나 긴장을 했었다. '아 망했다. 쟤들이 내 감정을 눈치 챘나 본데.' 알고 보니 그 둘은 또 말다툼을 하고 있었고, 둔탱이가 그걸 내게 알려주었다. (머릿속에 차오르는 망상을 가라앉힐 겸 밖으로 나갔다가 둔탱이를 만나 그 사실을 전해 들었다.) 안으로 다시 들어왔더니 핀과 그 여친은 이미 화해를 한 모양이었다. 난 그들을 못 본 체했다. 그러다가 펍을 나가려는데 핀이나를 붙잡았다. 우리는 또 대화를 나눴다.

핀	**여어, 어떻게 지내?**
나	**좋아!** (그래, 누구 덕에 아주 퍽이나 좋아. 하지만, 아니다, 됐어.) **너 울고 있었니, 핀?**
핀	**울기는.**
	(울고 있던 게 맞았다. 눈이 빨갛게 변해 있었으니까.)
나	**너희 둘 말다툼 좀 그만했으면 좋겠어.**
핀	**어쩔 수가 없어. 말다툼을 좋아하는 피가 내 몸에 흐르니까.**

나   그래도 좀 그만해.

(한참 침묵이 흘렀다. 이렇게 함께 침묵을 공유하고 나면 핀은 늘 내 눈을 똑바로 쳐다보는데, 그럴 때면 가슴이 무지하게 떨린다.)

나   내 카드 때문에 화가 났던 거면 사과할게. (전에 그가 빌려준 재킷에 관해 그에게 카드를 보낸 적이 있었다. 너보다 나한테 더 잘 맞으니 그 재킷을 영원히 내 것으로 하겠다는 내용이었다.)

핀   어, 아니야. 화 안 났어. 빙 크로스비의 영화를 보면서 그 카드를 읽고 앉아 있었어. 기분이 우울해지면서, 꼬마 도둑 레이 얼에게 재킷을 빼앗겼으니 이번 겨울에 폐렴이 걸릴지도 모르겠구나, 하는 생각을 하기는 했지.

나   꺼져. (정겹게 정강이를 한 번 차주고.) 내복이나 입어.

9월 3일 일요일

레이 얼 개조하기

🕘 밤 9시 15분

자이브 버니가 아직도 음반 차트 5위권 안에 들어가 있다. 엄마는 그걸 축하하기 위해 글렌 밀러의 카세트테이프 B면을 최대 음량으로 틀어놓았다. (이 자이브 버니 앨범은 옛날 노래들을 골라 댄스 믹스로 재구성했는데, 글렌 밀러의 명곡이 주요 배경 음악으로 깔려 있기 때문이다—옮긴이.) 엄마는 지금 나오는 노래가 지난 십 년 동안 노래들 중 최고라고 믿고 있다. 무시하자. 아카펠라 보컬 그룹 플라잉 피켓츠가 야주의 〈오직 너 Only You〉를 어쿠스틱 버전으로 부른 후로 음악에서 악기는 필요치 않다고 생각하는 사람이 바로 우리 엄마다. 무슨 그런 말도 안 되는 생각을 하는지.

어쨌든 1989년 여름이 이제 다 갔다. 완전히. 정말 굉장한 여름이었다!

무화과를 아주 잘 알게 됐고 둔탱이랑도 많이 친해졌다. 물론 내년에 힘든 일이 기다리고 있겠지만, 이번 여름은 정말이지 멋지게 잘 보냈다.

여길 떠나는 건 무화과뿐이다. 튀긴 소시지는 재시험을 치른다고 하고, 핀은 일 년 쉬기로 했다.

그래!!! 아직 시간이 있다. 나를 바꿀 시간. 백조가 돼서 모두를 깜짝 놀라게 해주자. 레이 얼을 새롭게 개조하는 거다. 그동안 짜증 나게 굴었던 것들, 날 의심하던 것들, 못된 년들, 잘난 척하는 것들에게 본때를 보여주자.

나치에 관한 텔레비전 프로그램을 보고 있다. 너무 심하게 끔찍하다. 어떻게 인간이 다른 인간에게 저런 짓을 할 수 있을까? 나쁜 놈들. 내가 에이레벨 역사 과목에서 점수를 못

올리는 것도 이래서다. 나치가 저런 짓을 한 지 오십 년도 채 안 됐는데 삼백 년 전 일을 왜 신경을 써야 해? 앤 불린이 육손이냐 아니냐 따위가 아니라 바로 이런 걸 우리가 배워야 한단 말이다! 육손이는 그렇게 드물지도 않다. 내가 알기로 펜스 지역에선 허구한 날 육손이가 태어난다!

내일은 학교 매점에 가서 새 교복을 사야 한다. 앞으로 3.5개월만 있으면 열여덟 살이 되니, 당연히 교복쯤은 나 혼자 고를 수 있는데도 엄마는 계속 같이 가자고 난리다. 고맙지만 사양할게요. 같이 갔다간 엄마는 틀림없이 이렇게 말할 거다. "어머머…… 작년보다 약간 더 살이 쪘구나, 레이첼." 물론이다. 그러니 난 치마를 한 사이즈 큰 거로 사야 할 테고, 매점 직원들은 특별한 사이즈를 넣어둔 서랍으로 가면서 주절거리겠지. "그 사이즈가 하나 정도는 있을 것 같긴 합니다만."

9월 5일 화요일

미국에 갈까?

🕐 저녁 6시 14분

이제 난 제6과정 상급학년, 즉 2학년이 되었다. 바이런 선생님이 늘 하던 대로 '죽음의 고통에 관한' 연설을 늘어놓았고, 이어서 교복 점검이 있었다. 전에 2학년들이 앉아 있던 자리에 가서 앉고, 2학년용 휴게실에도 가보니 묘했다. 학교로 돌아오니 기분은 좋은데, 마지막 학년이라고 생각하니 울적하기도 하다. 하급학년, 즉 1학년 말에 에이레벨 시험을 치긴 했지만 2학년 말에도 한 번 더 쳐야 한다. 시험 결과와 대학을 생각만 해도 속에서 토가 올라올 것 같다. 미국학 쪽을 지원할 생각이다. 무언가를 할 자격이 생기지는 않겠지만 미국에서 일 년간 무상으로 공부할 수 있을 테니 그걸로 충분하다.

새장이 싫다고!

🕐 저녁 6시 16분

학교에서 돌아와 보니 엄마랑 아드난이 뒤뜰에 만들어놓은 새장에 작은 앵무새들을 집어넣고 있었다. 난 새장에 갇힌 새들이 싫다. 새들이 좁은 공간에서 날개를 퍼덕이며 필사적으로 탈출하려고 천장의 철사에 머리를 부딪치는 모습도 보고 싶지 않다. 엄마랑 아드난은 새들이 퍼덕이다가 깍깍대며 홰를 타고 앉는 모습을 지켜보았다. 엄마가 내게 말했다. "저 새들 행복해 보이지 않니?" "전혀요. 공황 상태에 빠진 죄수들

같아요. 쟤네들이 서로를 싫어하면 어떻게 해요? 속으로는 서로가 무지무지 싫지만 어쩔 수 없이 사이좋게 지내는 척하는 건지도 모르죠." "대부분이 그러고 살아, 레이첼." 예, 그럼요. 무슨 뜻인지 알아요. 콕 집어서 그렇게 얘기 안 하셔도 돼요.

내가 배짱만 두둑했어도 앵무새들을 전부 풀어주었을 텐데 아직 그 정도는 안 됐다. 그랬다간 엄마가 난리를 치면서 가뜩이나 얼마 안 되는 용돈마저 끊어버릴지 모른다. 신념대로 행동했다간 지금보다 더 빈곤하게 살아야 한다.

심플 마인즈의 〈만델라의 날Mandela Day〉을 듣고 있다. 만델라는 흑인도 백인과 마찬가지로 인권이 있다는 말을 했다는 이유로 이십오 년 넘게 감옥에 갇혀 있는데, 이게 도대체 말이 되냐고. 온갖 엿 같은 이유로 사람들이 투옥된다. 새를 저런 새장에 가둬놓는 것도 정말 말이 안 된다. 누구든, 무엇이든 그런 식으로 다뤄져서는 안 된다.

젠장. 심플 마인즈의 〈벨파스트 아이Belfast Child〉는 정말 대단한 노래다. 워낙 뛰어난 그룹이긴 하지만 특히 신음하듯 가사를 읊조리는 게 압권이다.

9월 12일 화요일

앵무새 만델라

🕘 밤 9시 10분

　다들 본인의 의지에 반해 새장에 갇힌 죄수들인 만큼, 작은 앵무새들에게 현재 살아 있거나 혹은 고인이 된 양심수들의 이름을 붙여주기로 했다.

　만델라(몸통이 파랗고 통통한 아이) – 시력이 나쁜 듯. 성격은 제일 강한 것 같음.
　비코('비이코'라고 발음해야 하나?) – 흑인투사 반투 스티브 비코의 이름을 땄음. 부리 위쪽 색깔이 좀 이상한 초록색 아이. 무슨 병에 걸려서 색이 변한 건 아니어야 할 텐데.
　솔제니친(줄여서 '알렉스') – 지금은 감옥에서 나오긴 했지만 여전히 러시아의 학대를 받고 있으니까.

　다른 여섯 마리는 모양이며 색깔이 비슷비슷해서 구별이 되질 않아 이름을 못 붙였다. 저녁에 그 새들을 보러 뒤뜰에 나갔는데, 이미 이 동네를 지배하는 수고양이 데이브에게 한 차례 위협을 당한 듯했다. 데이브가 간식거리로 먹으려고 달려들었는지 앵무새들이 정신적으로 피폐해져 있었다. 우리 집

고양이 화이트는 새장 가까이로는 얼씬도 하지 않았다. 새장 쪽으로는 가지 말라고 엄마가 화이트를 세뇌라도 시킨 걸까.

날개가 있는데 날지 못하는 건 정말 있어서는 안 될 일이다.

내가 자랑스럽다

🕐 오전 10시 15분(학교 4번 학습실에서!!)

작은 앵무새들은 자유의 몸이 되었다!! 오늘 아침 8시경 나는 거사를 감행했다. 새장 문을 열어둔 것이다. 새들은 처음엔 어리둥절해 있다가 솔제니친이 먼저 열린 문 밖으로 나가자 다들 그 뒤를 쭉 따랐다. 나도 서둘러 도망쳤다. 엄마가 달려가는 나를 보고 말했다. "오늘 아침엔 학교에 일찍 가네." 내가 한 짓을 알면 엄마가 몹시 화를 내겠지만, 충분히 그럴 만한 가치가 있는 일이었다.

🕐 밤 9시 45분

집으로 돌아왔을 때 처음에 엄마는 아무 말도 안 했다. 아드난은 《로키 3편》을 비디오로 보고 있었다. 내가 위층 내 방으로 올라오자 잠시 후 엄마가 따라 올라오는 소리가 들렸다.
엄마는 넌 이제 망했다, 그것도 크게 망했다는 걸 알려주기 위
해 일부러 쿵쿵대며 계단을 올랐다. 그리고 쏟아부었다.

엄마   왜 앵무새들을 다 내보냈지?

나   새들을 가둬놓는 건 부당한 짓이고 너무 비참해 보여서
         요. 날개가 있는 짐승이니 날아야죠.

엄마   새장 안에서만 키우도록 만든 품종이야. 밖에서는 오늘
         밤도 못 넘겨. 다른 새들이 죽여버릴 거다. 게다가 몸통
         색깔이 너무 화려해서 고양이들 눈에 쉽게 띄어버려.
         그 새들은 너 때문에 죽는 거야!!

나   양으로 오래 사느니 하루라도 호랑이로 사는 게 낫다고
         하잖아요. (전에 책을 읽으면서 봐두었던 중국 옛 속담인데
         마침 떠올라 써먹었다. 이런 내가 자랑스럽다.)

엄마   헛소리 집어치워, 레이첼. 갈기갈기 찢겨 죽느니 새장
         안에서 사는 게 나아. 네 돈으로 새 앵무새를 살 거니까
         그렇게 알아. 또 그런 짓을 하면 네가 아끼는 물건을 전
         부 쓰레기통에 버려버릴 거야. 책이랑 스머프랑 몽땅 다.

말도 안 되는 소리. 나는 이제 스머프 인형을 가지고 놀
나이는 지났지만 수년에 걸쳐 저만큼 수집을 해놓은 이유는,

몇 년 후 되팔면 당장 은퇴해서 놀고먹어도 될 만큼 큰돈을 벌 수 있을지도 모르기 때문이었다.

내가 이렇게 설명을 하자 엄마는 내 방에서 나가며 문을 쾅 닫았다. 나는 차에 곁들여 먹을 음식으로 뭐가 있는지는 감히 묻지 못했다.

제길. 하지만 새들이 자유로워졌으니 그걸로 만족하련다.

9월 18일 월요일

유행하는 남친 스타일

🕐 저녁 7시 36분

우리 집에서 사 주를 머물렀던 아드난이 내일 비행기로 돌아간다. 엄마는 나랑 얘기를 하면서 아드난의 짐을 싸고 있다. 어차피 갔다가 다시 올 텐데 왜 저렇게 감정적으로 구는지 모르겠다. 내일 내가 학교 갔다 왔는데 엄마가 하이파이로 해리 닐슨의 〈당신 없이는Without You〉을 틀어놓고 있으면, 저 하이파이를 부숴놓고 말 것이다. 엄마는 저녁에 아드난에게 특별한 타진을 먹이겠다며 요리를 하고 있다. 올리브 냄새를 맡고 있자니 구역질이 날 것 같다.

드라마 〈코로네이션 스트리트〉에서 게일 틸슬리가 어리

고 잘생긴 남친을 사귀는 장면이 나왔다. 내가 절대 보고 싶지 않아 하는 장면이다. 그런 남친을 사귀는 게 대유행인가 보다. 우리 엄마도 하나 키우고 있으니!!

9월 19일 화요일

정신 차려요, 아줌마!

🕘 밤 9시 5분

아드난이 드디어 떠났다. 학교 가기 전에 잘 가라고 인사를 할 수도 있었지만 그러지 않았다. 나쁜 행동이라는 거 안다. 그는 괜찮은 사람이었으니까. 다만 아드난이…… 온갖 짜증 나는 상황을 상징하는 인물인 게 문제였다. 지금도 엄마는 상사병에 걸린 십대 소녀처럼 굴고 있다. 사실 난 집에 들어가자마자 거실에서 남자랑 키스하고 있는 엄마는 보고 싶지 않다. 내일모레면 쉰 살인 여자가 그러고 있는 건 왠지 더럽고 애처로워 보인다. 아드난이 떠난 지금 엄마는 슬픔에 잠긴 채 소파에 축 늘어져 있다. 아, 정신 좀 차려요, 아줌마!!

미리 말해두는데 내가 엄마를 질투해서 이러는 건 아니다. 엄마도 내가 자길 질투해서 심술을 부리는 줄 알지만 그런 게 아니란 말이다. 물론 나도 남자친구를 갖고 싶다. 하지만 엄마와는 달리 난 아무나 덥석 물지는 않는다.

핀이 아니면 싫다.

한심스러운 마흔일곱 살

🕐 밤 11시 23분

두려움이 밀려든다. 앞으로 엄마랑 잘 지낼 수 있을까?

오늘은 엄마의 생신이었다. 마흔일곱 살 생신. 스물한 살
도 아니고 꽤 많은 나이 아닌가? 난 땡전 한 푼 없어서 선물은
못 사고 A4 용지로 카드를 만들었다. 십 분이나 들여서 펠트
펜으로 카드에 글을 적었다. 무척이나 인상적이었던 걸까. 그
카드를 받고 엄마는 갑자기 울음을 터뜨렸다. 말을 못 잇고 길
길이 날뛰더니 휘유— 하고 숨을 내쉬었다. 이건 뭔가 지독한
일이 닥쳐올 징조였다. 예상대로 엄마는 폭발했다. 늘 하던 얘
기들로 구성된, 항상 하던 일장연설이 엄마 입에서 터져 나왔
다. 넌 이기적이고 받기만 하는 애다. 집안일도 충분히 하지를
않는다 등등. 좀 속물적인 거 아닌가요? 금시계를 사드릴 여유
가 못 돼서 죄송한데요, 전 지금 에이레벨 학생이거든요. 이런
저한테 선물을 기대하는 건 정말 비현실적이랍니다. 정신 차

려요, 아줌마! 난 아직 애라고요. 제대로 된 부모처럼 좀 행동
해봐요.

엄마

엄마는 나를 낳았지만,
나를 도저히 못 참겠다고 하네.
흠……
그건 이쪽도 마찬가지인걸
이젠 나도 지긋지긋해.

9월 22일 금요일

헛똑똑이 레이첼 얼

🕐 저녁 7시 1분

베티 슬레이터가 오늘 학교에서 울었는데 도저히 믿기
어려울 만큼 멍청한 짓을 저질렀기 때문이었다. 데이지한테
빌린 밀즈앤드분 출판사의 로맨스 소설을 읽은 후 베티는 남
편의 질투를 유발하기 위해 스스로에게 꽃을 보낸 여주인공의
행동을 따라했다. 요즘 들어 남친이 자기를 하찮게 취급한다

는 생각에 질투를 유발해보려고 했던 것이다. '베티, 수요일 밤 나를 만나줘서 고마웠어, xx로부터'라고 적힌 쪽지와 함께 꽃다발을 학교로 배달시켰다. 당연히 그 소식은 베티의 남친 귀에 들어갔고 질투에 불탄 그 녀석은 꽃집에 전화를 걸어 누가 보냈는지 물었다. 안타깝게도 꽃집 직원은 둔한 남자였거나 아니면 완전히 못된 년이었는지 솔직하게 다 불어버렸다. 남친 녀석은 베티를 진짜 이상한 애로 모두에게 떠벌리고는 차버렸다.

베티가 앞으로 다시는 섹스를 하지 못하게 될까 봐 걱정하고 있어서 내가 위로해주었다. "괜찮아. 밝은 면을 봐. 그놈은 완전 쓰레기였어. 그리고 넌 어쨌든 사랑스러운 꽃다발을 받았으니까 됐잖아. 두 주만 지나도 다 잊혀져." 베티는 고맙다면서 나를 포옹하려 했지만 나는 그것만은 거부했다. 그러자 베티가 말했다. "꽃다발 주문하면서 아빠 신용카드를 썼는데 난 이제 망했어." 그 문제만큼은 나도 어떻게 도와줄 수가 없었다. 나는 왜 남들에겐 조언이나 응원을 잘해주면서 내 인생은 그렇게 하지를 못할까? 이해가 안 된다.

9월 23일 토요일

아, 신이시여

🕐 밤 11시 45분

펍에 갔다가 방금 돌아왔다. 베서니가 디터를 데리고 펍에 나타났다!! 걔네 엄마가 디터에게 베서니랑 한 침대를 써도 좋다고 허락했단다. 히피족이야 뭐야? 디터는 드라마 〈이웃들〉에 나오는 헨리처럼 키가 크고 금발이다. 망할 곱슬머리라는 점만 빼고. 난 그쪽 취향은 아니다.

디터는 코에 매달린 코딱지처럼 베서니 곁에서 떨어질 줄을 몰랐다. 베서니가 어딜 가든 졸졸 따라갔다. 베서니는 "디터가 나한테 너무 집착해"라고 주절거렸다. 그런 면에서 베서니가 전에 사귀었던 부룽하고 닮은꼴이다. 베서니가 여친 없이는 한시도 견딜 수 없는 질투심 많은 놈들에게 먹히는 타입인가 보다.

베서니는 튀긴 소시지와 내가 앉은 자리에 잠시 같이 있었는데 디터가 따라와 튀긴 소시지가 무슨 말을 할 때마다 비웃어서 난 기분이 더러워졌다. 그러다 핀이 들어왔다!! 낯이 익지 않은 사람들한테는 통명스럽게 구는 면이 있는 핀인지라 디터 앞에 앉아서도 줄곧 모든 게 다 짜증 난다는 환상적인 표정이었다. 한쪽 눈썹을 위로 잔뜩 치뜨고 맥주잔 주변을 손가락으로 이리저리 문질러댔다. 핀의 행동 하나하나가 내 뇌에 각인되었다. 어쩔 수가 없었다. 대화가 잠시 끊기자 핀이 내게 "넌 참 재미있는 계집애야! 나랑 같이 바 쪽으로 옮기자. 술잔 옮기는 것 좀 도와줘"라고 속삭였다. 우리는 바 앞에 앉아 흥미진진하게 대화를 나눴다.

핀　　이제 베서니랑은 단짝으로 붙어 다니질 않네.

나　　응. 우린 잘 맞지가 않아.

핀　　난 베서니 별로야. 남자한테 줄 것도 아니면서 살살 약만 올려. 그리고 너 없는 데서 늘 너를 씹어대는데 그것도 마음에 안 들어.

(그가 이 말을 할 때 나는 너무 좋아 죽을 것 같았다! 베서니가 나를 씹는대서가 아니라, 핀이 나를 씹는 베서니가 마음에 안 든다고 해서.)

나　　그래.

핀　　저밖에 몰라.

나　　그런 면이 좀 있지.

핀　　그리고 지는 섹스를 잘하는 줄 아는데 그런 것도 아니야. 섹스를 하면서 피가 나게 물어대는 게 뱀파이어가 따로 없어.

나　　뭐?

핀　　볼츠 펍 정원에서 베서니가 튀긴 소시지한테 한 번 졌

대. 그런데 그걸 하면서 목을 어찌나 세게 무는지 튀긴 소시지는 비명을 지를 뻔했다더라. 병원에 가야 하나 싶을 정도였대. 마이크 타이슨이랑 십 라운드는 붙은 것 같은 기분이었다나 뭐라나. 그 자국이 몇 주일이나 갔대. 내가 이 얘길 했다는 거 아무한테도 말하지 마.

그리고 핀은 한쪽 눈을 찡긋했고 우리는 테이블로 돌아가 앉았다. 거기서도 핀은 나를 쳐다보며 싱긋 웃어댔다. 아무도 보지 않을 땐 이로 상대를 물어뜯는 시늉을 해가며 나를 웃겼다. 그러다 여자친구가 오자 그리로 갔지만…….

아, 신이시여. 핀을 너무 사랑해서 가슴이 저리다 못해 발바닥의 장심까지 쥐가 난 것처럼 조여든다. 고통스럽다.

핀이 여친과 다른 자리로 간 후 나는 디터, 베서니, 튀긴 소시지와 그 자리에 남았다. 파장이 돼서 펍을 나가려는 내게 디터가 유럽식으로 두 번 키스를 하며 잘 가라는 인사를 하려고 하자 베서니가 말렸다. "그러지 마, 디터. 걘 키스 받는 거 안 좋아해. 불감증이 좀 있어." 그러더니 얼른 덧붙였다. "농담이야." 아니, 농담이 아니었다. 튀긴 소시지는 웃긴다며 낄낄댔다. 그러다 내가 "어, 니 목에 그거 무슨 자국이야? 물린 자국 같은데. 베서니, 너도 보이지? 이게 뭔 거 같니?"라고 하자 튀긴 소시지는 웃음을 그쳤다. 목에는 사실 아무것도 없었지만 튀긴 소시지도 베서니도 입을 다물었다. 디터는 어리둥절한 표정이었다. 내가 뚱뚱한데다 불감증인지 뭔지 모르지만 상대가 못되게 굴면 받아칠 줄은 안다.

펍을 나가는데 핀이 나를 보며 한쪽 눈을 찡긋했다. 핀은 윙크 한 번으로 불감증처럼 굳어버린 내 마음을 풀어주었다.

9월 25일 월요일

미녀가 될 잠재력

🕐 저녁 7시 32분

후우, 에이레벨 공부를 제일 우선시해야 마땅하지만 지금은 업데이트를 해야 할 시간이다. 바로……

내 감정의 업데이트!

자, 시작해볼까.

핀

나랑 핀은 공통점이 많다. 우리 사이에 뭔가 인연의 끈이 있다는 느낌이다. 하지만 내 몸뚱어리를 에워싼 '지방층'으로

인해 나는 최하급 여성에 속할 수밖에 없다. 핀은 잘나가는 일급이고 난 밑바닥 찌꺼기다. 게다가 그는 여자친구를 사랑한다. 난 핀을 사랑하고 그의 여자친구도 좋아하지만, 그 둘은 뻑하면 툭탁거리면서도 늘 붙어 다닌다. 내 친구는 나더러 그의 여자친구에게 그에 관한 얘기를 하지 말라고 했다. 하지만 지금 내가 핀에게 느끼는 감정을 제일 잘 이해하는 건 아마 그의 여자친구일 거다. 핀은 내가 아는 남자들과는 다르다. 아, 정말이지 속수무책이다. 핀에 대한 생각을 멈출 수가 없다. 아무리 생각해봤자 소용없긴 하지만.

튀긴 소시지

튀긴 소시지에 대한 내 감정은 여전히 혼란스럽다. 그는 지금 당장은 무척 매력적인 사람이고 사랑스럽기 그지없다. 하지만 그 상태가 얼마나 가느냐가 문제다. 그는 술만 취했다 하면 상또라이로 변하곤 한다. 일전엔 누굴 패서 유치장에도 갈 뻔했다. 이내 그럴듯한 말로 사과를 하며 그 상황을 모면하긴 했지만. 배려 많고 재미있고 사랑스러운 이 남자는 어떻게 술만 입에 댔다 하면 천박한 주정뱅이가 되고 마는 걸까? 둘 중 어떤 게 그의 진짜 모습일까?

난 너무 뚱뚱하다. 몸무게를 줄여야 한다. 미인으로서의 잠재력이 없는 게 아니지만 층층이 쌓인 지방 아래 푹 파묻혀 있다. 사람들은 내가 머릿결이 좋고 얼굴도 괜찮은 편이라고 들 한다. 하지만 지금 당장은 영화 《고스트버스터즈》의 마시멜로맨을 닮았으니 그게 다 무슨 소용이란 말인가?

토요일 파티에 참석할 생각이라 기대가 된다. 드레스도 미리 골라 벽에 걸어두었다. 위는 검정색 벨벳으로 되어 있고 아래는 보라색 비단 스커트다. 문득 이런 생각이 들었다.

'저 드레스 안에 내 몸이 들어가 꽉 차겠지. 그게 바로 내 몸매야.'

지방 덩어리들이 드레스 안쪽을 빈틈없이 채울 것이다. 난 내가 싫다. 너무 싫다.

살찐 걸 이토록 싫어하면서도 집으로 오는 길에 월넛칩 컵 케이크 하나와 트위글리츠 과자를 사먹는 걸 잊지 않는 나다.

9월 26일 화요일

도대체

오늘 아주 난리가 났다. 모트한테 전화를 하려고 공중전화 박스로 갔는데 엄마가 거길 차지하고 있었다. 여기서 뭐하냐고 묻자 엄마는 어디 전화해서 뭐 좀 물어보려 한다고 했다.

알고 보니 아드난을 이 나라에 영구적으로 들여놓을 궁리를 하고 있었다. 아이고 고마워라. 딸내미는 에이레벨 과정 중인데 엄마란 사람은 안 지 얼마 되지도 않은 모로코 보디빌더를 이 나라에 들여놓으려 안달이 났다. 엄마는 이 남편에서 저 남편으로 휙휙 건너뛴다. 도대체…… 도대체…… 왜 엄마는 잠시도 싱글로 살지를 못하는 걸까??!!

"이제 나도 내 인생 살아야지. 너도 내일모레면 열여덟이야." 엄마의 이 말에 내가 어떻게 반응했어야 하지? 지금 엄마가 하는 행동은 사실 내가 하고 있어야 마땅하다고요! 외국인이랑 연애하는 건 나여야 한다고요!

다행히 외국인이 정식으로 이 나라 국민이 되려면 아무리 자국인이랑 결혼을 해도 시일이 오래 걸린다. 듣자 하니 이민국이 아주 엄격하게 심사를 한다고 한다. 제발 그러길 빈다. 다만 남아공의 육상선수 졸라 버드가 아주 빠른 시일 내에 영국 국적을 취득한 적이 있어서 걱정이다! 엄밀히 따지면 아드난도 운동선수다. 이민국에서 아드난의 이민 심사를 일사천리로 처리하지 않기만을 바랄 뿐이다.

10월

October)

10월 2일 월요일

이대로 괜찮을까

🕐 저녁 7시 50분

기분이 안 좋다. 집은 엉망진창이다. 엄마는 아드난의 이민 서류와 법적인 문제, 연애에 온통 매달려 있고…… 내 마음은 허하다. 일기를 쓸 때만 기분이 좀 나아진다.

어젯밤은 그래도 꽤 괜찮았다. 핀과 끝내주는 시간을 보냈다. 어제 그는 나를 집까지 바래다줬다. 집으로 가는 동안 우리 사이엔 웃음이 흘러넘쳤다. 핀이 한 중요한 얘기를 간추리자면 이랬다.

1〉 "난 사람들이 나에 대해 아는 게 싫어."

2〉 "여자친구가 없으면 정말 외로울 것 같아."

3〉 "걔가 없으면 난 나 자신일 수가 없어." 뭐 대충 이런 얘기들.

4〉 "난 네가 정말 좋아." (이 부분에서 나는 현기증이 났다.)

5〉 그랑 친한 럭비선수가 "레이는 잘 웃고 춤도 잘 추더라"고 얘기했다고 한다. 하지만 핀은 괜히 그 말을 전했다가 내가 기분 상해할까 봐 안 전하려고 했단다.

핀은 우리 집 현관 앞까지 데려다줬고, 나는 설레서 잠을

이룰 수가 없었다. 침대에 누워 제니스 이안의 앨범을 들으며 속으로 바랐다. 여기 그와 함께 누울 수 있기를.

좋아 죽겠다!

🕐 오후 4시 2분

베서니가 스탬퍼드를 떠날 거라고 한다. 지금까지 들은 중 최고로 기쁜 소식인 듯.

걔네 아버지가 새로운 일을 하게 됐다나 뭐라나…… 어쨌든 여길 떠난단다!!!

그게 어떤 의미인지 너도 잘 알 거야, 일기야. 더는 걔 때문에 마음 상하고 불편해할 필요가 없게 됐다는 뜻이다. 이제 내 인생에 베서니는 없다.

10월 12일 목요일

'웃기는 애' 역할

난 그룹에서 항상 '웃기는 애' 역할이다. 늘 그래 왔다. 그

런 나를 증오한다. 오늘 학교에서 재스민이 나더러 점심 급식
을 한 번 더 타와보라고 부추겼다. 그때 나는 이미 어육 완자
네 개, 부드러운 으깬 감자 두 스쿱, 완두콩, 치즈와 비스킷, 엔
젤 딜라이트 아이스크림까지 먹은 상태였다. 그래도 모두에게
웃음을 주려고 급식 줄에 다시 가서 섰다. 하지만 기분이 정말
좋지가 않았다. 식당 안을 둘러보니 온통 예쁜 여자애들이었
다. 그들은 미래에도 남친이 넘쳐나고, 꿈처럼 멋지고 성대한
결혼식을 하게 될 것이다. 그런데 나는 의자에 걸터앉은 험프
티덤프티 같았다. 《이상한 나라의 앨리스》, 《거울 나라의 앨리
스》에 나오는 험프티덤프티 말이다. 담장 위에 앉은 험프티덤
프티 레이. 그러다 기우뚱하며 아래로 떨어지는 험프티 레이.
내가 바닥에 떨어져도 누구 하나 날 일으켜 세워주지 않는다.
다들 신나게 웃어댈 뿐이다.

그게 내 미래다.

10월 15일 일요일

찬장 정리

🕐 오후 5시 10분

오늘도 지루한 일요일이다. 내일부터 다이어트 시작이다.

이렇게 뚱뚱한 몸으로 계속 살 수는 없다.

중독자들이 중독에서 벗어나려면 그래야 하듯, 눈앞에서 유혹하는 먹을거리들을 치워버려야 이 상태에서 벗어날 수 있을 것 같다. 그런 의미에서 오늘 엄마가 할머니네 가 있는 동안 찬장을 정리했다. 기름진 음식들, 감자칩, 링컨 비스킷, 클럽스 과자, 케이크, K. P. 스킵스 과자 따위를 전부 버렸다.

내 청바지를 계속 보는 중이다. 정말 거대하다. 난 뚱뚱하지만 나 자신의 이미지에 대해 일반적인 거식증 환자와는 다른 시각을 갖고 있다. 즉 거울에 비친 내 모습이 뚱뚱하긴 해도 심하게 거대해 보이지는 않는다.

그래도 좀 얇아진 내 몸을 보고 싶기는 하다.

신이시여, 저는 살이 좀 빠져야 합니다.

아빠

🕐 밤 10시 2분

오늘 아빠가 찾아왔다. 꽤 오랜만이었다. 당연히 아빠는 집으로 오지 않았고 내가 아빠를 만나러 블랙스톤즈 클럽으로 갔다. 노인네들이 도미노 게임이나 다트 던지기를 하며 쏩

쓸하게 술을 마시는 분위기가 꼭 세상의 끝처럼 느껴지는 펍이었다. 그래도 치즈와 양파가 들어간 크러스티 롤빵은 환상적으로 맛있었고 새우 맛 튀김 과자도 판다. 아줌마들이 우리 남편이 거기 있느냐고 묻는 전화가 엄청 많이 걸려왔는데 그럴 때마다 바텐더는 여기 안 계시다고 거짓말을 했다. 그 아줌마들이 진절머리 나는 삶을 살고 있는 건 굳이 보지 않아도 알 수 있다. 엄마도 아빠랑 저렇게 살았을 테니 결국 이혼한 것도 별로 이상할 게 없다. 적어도 나는 이제 아빠랑 이런 펍에 올 정도로 나이를 먹었다. 옛날에는 주차장 바깥에서 아빠를 기다리곤 했었다. 나처럼 그러고 있는 애들이 꽤 많았는데 다들 감자칩 한 봉지와 빨대를 꽂은 구식 콜라병을 들고 있었다. 아빠는 삼십 분에 한 번씩 펍에서 나와서 리필을 해줬다. 이게 좋은 기억일까 나쁜 기억일까? 모르겠다.

10월 23일 월요일

내 몸무게

🕐 밤 9시 40분

둔탱이네 집에 갔다 왔다. 둔탱이 방 욕실에는 체중계가 있다. 허리 사이즈 38을 찍은 후로 내 몸이 얼마나 불었는지 알고 싶었다. 의사가 내게 고함치며 나무라지 않는 곳이어야 했기에 둔탱이네서 쟀다. 체중계에 올라갔다. 스파게티 볼로네즈를 먹고 온 걸 감안하긴 해야겠지만 체중이 92킬로그램에 육박하고 있었다!!!

그렇다. 92킬로그램이다.

이 정도면 심각한 수준이 아닐 수도 있지 않을까 싶어서 엄마가 갖고 있는 키/체중 도표를 보며 확인했다. 내 키와 몸무게는 빨간색 영역인 '고도 비만'에 해당한다. 지금 내 키라면 체중이 66킬로그램을 넘으면 안 되는 거다!!!

기운이 쭉 빠졌다. 집으로 돌아와 〈마차 바퀴Wagon Wheel〉라는 노래를 들으며 침대에 벌렁 드러누웠다.

초대 받은 것들

내일 할로윈 파티가 크게 열린다. 오늘 학교에선 다들 그 얘기였다. 우리 학년에서 제일 몸 좋은 남자애가 여는 파티인데 예쁘고 잘난 여자애들만 초대를 받았다. 초대 받은 애들은 쉬쉬했다. 진탕 먹고 마시는 막장 파티가 될 거라서 그러는 듯했다. 드레스 코드는 '교구 목사, 창녀 혹은 화려한 악귀'다. 가

터벨트랑 스타킹을 신고 가야 한다는 얘기도 있었다. 초대 받은 것들은 미스 월드라도 되는 양 뻐기며 돌아다녔고, 초대 받지 못한 것들은 그들을 걸레라고 불렀다. 초대도 받지 않고 멋대로 들어가지는 못한다. 주최자가 문간에 문지기를 세워놓고 손님들을 걸러낼 테니까!! 우린 그런 놈들을 상대하며 살아야 한다. 아랫도리도 실하지 못한 재수탱이들. 나중에 회계 법인을 운영하거나 비서랑 섹스를 하거나 토리당 출신 하원의원이 되거나, 아니면 이 세 가지를 한꺼번에 하면서 살게 될 놈들……. 그놈들 중 절반은 돼지처럼 못생겼다.

사실 뭐, 초대를 못 받아서 약간 열 받기는 하는데 그리 놀랄 일은 아니다.

10월 31일 화요일

할로윈

🕐 밤 9시 20분

이 나이에 할로윈이랍시고 집집마다 돌아다니며 사탕을 달라고 하면 거지 취급을 받을 게 뻔하니 우울해진다. 어른이 되고 싶지 않다. 우리 집에도 아이들이 몇 명 들렀는데 현금이 아니라 달달한 먹을거리를 주면 하나같이 표정이 굳어진다. 특히 엄마가 테스코에서 사온 클럽 비스킷 같은 싸구려 먹을거리를 내주니 더 그런 것 같긴 하지만. 어쨌든 그 아이들도 이제 인생은 똥 같다는 걸, 산타클로스는 존재하지 않으며 어른들은 바가지를 씌울 궁리만 한다는 걸 깨닫게 될 거다.

내 친구들 중 예쁜 애들은 지금쯤 스타킹을 신고 남자애들과 오만 짓을 다 하고 있을 거다. 나와는 너무 동떨어진 세상이라 다른 행성 같다.

자이브 버니가 새 앨범을 내놓았냐고 엄마가 내게 물었다! 젠장 맙소사.

11월

November 11

11월 6일 월요일

핀의 마음

🕔 오후 5시 50분

중등교육자격시험 중 수학을 재시험 쳤다. 그럭저럭 괜찮았다. 답안지를 거의 다 메우기는 했으니까. 텔레비전 진행자가 되는데 수학 과목이 꼭 필요한 것도 아니니 솔직히 결과는 아무래도 상관없다.

핀이 한 얘기가 무슨 뜻인지 궁금해 모트에게 털어놓았다. 모트가 물었다. "핀이 널 안 좋아하는 거 확실해?" "글쎄, 날 좋아하기는 해. 전에 말했던 것처럼 누나나 여동생처럼 생각해서 문제지. 그래도 계속 궁금한 거야. 내가 살을 빼서 날씬해지면 상황이 달라질까?" "흠, 그럼 살을 조금만 빼고 어떻게 되는지 확인해볼래? 내 여동생도 사흘 동안 과일만 먹고 3킬로그램을 뺐거든."

내일부터 당장 과일 다이어트 시작이다.

과일 **다이어트**

🕐 저녁 7시 5분

사과 두 알로 아침을 때웠다. 점심때는 포도를 잔뜩 흡입했는데, 알고 보니까 그 포도는 남아프리카공화국 산이었다. 나도 모르게 넬슨 만델라를 이 년 더 감옥에 가두는 데 일조한 것이다. 저녁에는 사과 세 알을 더 먹었지만, 머릿속에서 탄제린 오렌지 칠십 개가 계속 왔다 갔다 했다. 결국 탄제린을 먹었고, 내 방에는 빅벤의 축소모형을 만들 수 있을 정도로 탄제린 껍질이 잔뜩 쌓였다.

🕐 밤 10시 22분

탄제린 껍질로는 빅벤의 축소모형을 만들 수 없다. 모양을 만드는 것 자체가 안 된다는 걸 방금 알아냈다. 개 모형도 못 만든다. 껍질에 힘이 없어서 무너져 내리기 때문이다.

배고파 죽겠다.

.

11월 10일 금요일

베를린 장벽이 무너진다

베를린 장벽이 무너진다! 무너지고 있다! 이게 믿어져? 베를린 장벽 위에 사람들이 올라가 도끼로 벽을 부수고 있다. 환호와 고함이 가득하다. 너무 멋지다!

핵전쟁이 일어날까 봐, 그래서 핵공격을 알리는 4분 경고를 듣게 될까 봐, 원자로 용융 현상이 일어날까 봐, 그런 일이 발생했을 때 엄마랑 멀리 떨어져 있을까 봐 수년 동안 노심초사했는데 이제 그런 걱정은 할 필요 없게 됐다! 젠장…… 그동안 괜히 스트레스만 받았네.

내 조카뻘인 어린애들은 앞으로 자기네가 얼마나 좋은 세상에서 자라게 될 건지 모를 거다. 〈러시아인들Russians〉이 이제 현실에 맞지 않는 멍청한 노래로 전락해버렸으니 가수 스팅은 열 받았을 것이다. 니키타를 목 놓아 부르던 엘튼 존은 이제 니키타를 찾으러 가면 되겠다!

문득 우울한 생각이 들었다. 독일에서 망할 공산주의 체제가 무너졌는데도 난 아직도 망할 처녀 딱지를 떼지 못했다.

나도 바뀔 수 있지 않을까?

🕐 오후 4시 58분

학교에 가니 다들 베를린 장벽 얘기를 하고 있었다. 베를린 장벽 붕괴로 모든 게 달라졌다. 중등교육자격시험의 역사 과목도 의미를 잃었다. 우리는 일 년 내내 냉전, 바르샤바협정, 북대서양조약기구를 배웠는데 이제 완전히 새로운 세상이다. 상황이 이렇다 보니 아무래도 생각이 좀 달라졌다. 오랜 세월 유지되어온 현상이라 해도 결국 바뀔 수 있다고. 그렇다면 나도 바뀔 수 있지 않을까. 나만의 벽을 무너뜨리고 사람들을 안으로 들일 수 있지 않을까.

🕐 밤 9시 45분

젠장. 아까 쓴 일기를 다시 읽어보니 허세가 장난 아니네. 일기장아 미안!

11월 17일 금요일

핀에 대한 착각!?

엄마, 언젠가 나랑 만날 날을 기다리는 남자가 있다면, 내가 눈을 크게 뜨고 잘 찾아보면 그 사람을 찾을 수 있다면, 나는 왜 지금 이런 상태인지 말해줘요.

왜 나는 오늘 저녁 펍에서 처절한 외로움을 느꼈을까? 핀이 여친의 등을 쓰다듬고 그 여자애가 세상에서 제일 귀한 존재인 양 키스하는 모습을 바라봐야 했을까? 이번에 폴리테크닉 대학에 진학하게 된 무화과가 펍에 놀러 와서 오늘은 둔탱이도 짝과 함께였다. 펍에 모인 사람들이 전부 주크박스에서 흘러나오는 지랄 맞은 〈람바다Lambada〉에 맞춰 제 무릎을 남의 사타구니에 비비며 춤을 춰대는데, 왜 나는 바에 엉덩이를 붙이고 앉아 모두에 대해 시답잖은 농담이나 하면서 그 모습을 구경만 해야 할까? 속으로는 죽어가면서 겉으로는 세상에서 제일 잘난 척하면서? 그들이 내게 〈바다코끼리Walrus〉란 노래를 구호처럼 외치며 "그 배 어쩔 거야?"라고 주절대는데도 왜 그저 웃으며 농담으로 받아치는 걸까? 왜 맛깔 나는 농담이 그때그때 딱딱 떠오르는 걸까?

파장 무렵 왜 핀은 할 말이 있는 것처럼 나를 쳐다보기만 하고 아무 말도 안 했을까? 내가 너무 핀에게 애를 태우다 보니 오버해서 착각을 하고 만 건가?

부디, 다른 여자애들도 가끔은 나처럼 이런 생각을 하길
바라본다.

배신

🕐 오전 11시 45분

튀긴 소시지에게.

또 다른 걸레랑 사귀게 된 거니, 응? 그래서 어제 저녁에
펍에 오질 않았다고. 그 여자는 너한테 어떤 존재야? 나처럼
없어도 별로 상관없는 존재? 넌 늘 나한테 "사랑해, 네가 최고
야"를 외쳐댔고 난 그 말을 믿고 싶었어. 하지만 가끔은, 아니
줄곧 믿을 수 없었지.

언젠가…… 언젠가 내가 30킬로그램을 빼서 날씬하고 예
뻐지면 그때 네가 날 어떻게 대우하는지 두고 보겠어. 솔직히,
네가 내 품으로 들어오지 않는 이유는 내가 뚱뚱하고 못생긴
암소 같아서 그렇잖아.

그래, 네가 날 좋아하기는 하지. 하지만 네가 사랑이 뭔지
알기나 해? 그 사람을 그리워하고, 그 사람이 행복하길 바라고,

그 사람이 행복해하면 나도 행복한 거, 그게 사랑이야. 그런 감정 느껴봤어? 물론 없겠지. 넌 이기적이고 멍청한 놈이니까.

늘 나한테 관심을 가져주더니만 이제 날 패대기치는구나! 지금은 새로 사귄 여자친구가 네가 필요로 하는 모든 걸 줄 수 있을 것 같겠지. 하지만 절대, 절대 아닐걸. 넌 또 다른 새를 만나 그리로 옮겨갈 테고, 네 친구들한테는 여전히 똥같이 굴 거야. 이젠 나도 너 같은 놈 필요 없어.

그리고 넌 이 편지를 절대 볼 수 없어. 난 그냥 여기다 속풀이를 하는 것뿐이야. 지금 이렇게 써놓으면 이 시절에 내가 얼마나 어리석었는지 나중에 보고 깨달을 테니까. 그리고 너도 마찬가지.

어느 쪽이든, 이미 너무 늦었어.

11월 20일 월요일
숙제 안 했을 때, 최고의 핑계

🕐 저녁 7시 36분

공부를 열심히 하질 않고 '잠재력을 발휘하려 하지 않는다'고 오늘 학교에서 혼이 났다. 역사 선생님이 나를 따로 부르더니 왜 노퍽 공작에 관한 에세이 숙제를 해오지 않았냐고 물었다. 난 생리통이 너무 심해서 어쩔 수가 없었다고 둘러댔다. 이건 남선생님과 여선생님 모두에게 먹히는 유일한 핑계인데 특히 남선생님에게 직빵이다.

선생님은 그럼 수요일까지 해오라고 했다. 무대예술 선생님과 정치 선생님도 내게 똑같은 말을 했다. 그러니 이번 주에는 일기에 제목만 간단히 적어도 이해해주길 바라, 일기야. 나 완전 바쁠 거야.

11월 30일 목요일
엄마에게 미안하다

🕐 저녁 7시 34분

의도치 않게 엄마를 속상하게 만들고 말았다. 엄마가 "할머니가 병원에 입원해 계시는데 당분간은 안 가는 게 좋겠어"라고 해서 내가 물었다. "왜?" "할머니가 좀…… 정신이 들락날락하셔." "할머니가 정신이 혼란스러워져서 주변 상황을 파악하지 못한다고 해서 내가 할머니를 감당 못할 것 같아 그래? 됐어, 나 감당할 수 있어. 지난 수년 동안 내가 양로원에서 정신줄 놓은 노인네들을 얼마나 많이 만났는지 알아? 그리고 세인트조지 양로원에 있는 어떤 노인을 만나러 갔을 때 봉변도 실컷 당해봤어. 그 양로원의 망할 미친 간호사가 나를 임신한 여학생인 줄 알고 고함을 질러댔거든."“레이첼, 오늘 할머니가 나를 못 알아봤어.” 그리고 말을 못 이었다. 난 뭐라고 대꾸해야 할 줄 몰라 입에서 나오는 대로 말했다. “요구르트 먹을 건데 엄마도 하나 갖다 줄까?”

왜 그런 말을 했을까?

아, 미치겠다.

마침 라디오에서 사이먼 앤 가펑클의 〈더 복서The Boxer〉가 흘러나왔다.

울음을 멈출 수가 없었다.

12월

December 1)

12월 1일 금요일

할머니, 제발

🕐 오전 7시 12분

조금 전 눈을 떴다. 기분이 왜 이렇게 나쁜지 곧 이유를 기억해냈다. 이런 감정을 극복해야만 한다. 할머니를 사랑하지만 지금은 내가 도울 방법이 없다. 그저 일상을 살면서, 할머니의 상태가 좋아지길 바랄 뿐이다. 적어도 고통이라도 겪지 않으시길. 또 눈물이 난다. 그래도 망할 학교에는 가야 한다.

12월 3일 일요일

고백 게임

🕐 오후 3시 45분

어제 저녁 펍에서 우리는(튀긴 소시지, 핀과 그의 여친, 둔탱이, 무화과랑 나) 고백 게임을 했다. 나는 이 게임이 무서운 게, 다른 애들처럼 털어놓을 만한 게 별로 없기 때문이다. 기껏해야 한 놈이랑 진한 키스를 해봤고, 섹스는 한 번도 안 해봤으니까.

어쩌다 보니, 어렸을 때 본인이 한 짓 중 제일 창피했던 일을 고백하게 됐다. 약간 취하기도 해서 솔직하게 털어놓기로 했다. 어렸을 때 두루마리 휴지심을 아랫도리에 대고 서서 소변을 본 적이 있었다. 두루마리 휴지심을 남자 성기처럼 쓰면 나도 서서 소변을 볼 수 있을지 궁금해서였다. 나는 다른 여자애들도 한번쯤은 그렇게 해볼 거라고, 흔하디흔한 일 중 하나라고 생각했었다. 그런데 모두들 배꼽이 빠지게 웃어댔다. 그것까지는 좋았다. 저녁 내내 튀긴 소시지가 나를 '휴지심 고추'라고 불러대는 것이었다. 지가 무슨 코미디언 짐 데이비슨이나 되는 줄 아는지. 등신 같은 놈.

내 고백이 끝나자 다들 그 게임이 재미없다며 그만둬서 내 고백만 동동 뜨게 됐다.

어렸을 때 누구나 휴지심으로 그렇게 해보지 않나? 그 사실을 고백할 용기 있는 사람이 나뿐이었던 거겠지.

핀이 자리에서 일어나며 나한테 윙크를 했다. 그나마 핀이 내 얘기에 웃는 모습을 봐서 좋았다. 평소 너무 우울한 얼굴을 하고 있어서 그를 웃게 하면 성취감마저 느껴진다. 난 핀에게 이렇게 말했다. "선물 줄게. 평생 잘 간직해야 돼." 하지만 내가 내민 건 오래된 영수증 뭉치였다. 그래도 그는 "고마워. 영원히 보물로 간직할게"라며 영수증 뭉치를 청바지 뒷주머니에 찔러넣었다. 그는 진지하게 웃지도 않고 이렇게 농담을 잘 받아친다. 핀은 테이블 모퉁이를 돌아가다가 청바지 뒷

부분이 찢어졌다. 찢어진 틈으로 드러난 핀의 팬티를 나는 차마 볼 수 없었다! 문제될 건 없지만 그래도 좀. 무슨 뜻인지 알겠지, 일기야.

12월 5일 화요일

초콜릿 도둑

🕐 밤 10시 14분

이 집이 싫다. 이곳이 싫다. 조금만 실수해도 어마어마한 비난과 증오가 돌아온다. 텔레비전 앞에 앉아 크리스마스트리에 붙은 초콜릿을 몇 개 먹었다. 그런데 먹다 보니 엄마가 사서 트리에 걸어놓은 초콜릿이 조금밖에 안 된다는 걸 알게 됐다. 부랴부랴 포일로 된 포장지를 다듬어 그 안에 초콜릿이 든 것처럼 해서 다시 트리에 걸어놓으려는데 엄마가 들어오면서 보고 말았다. 그때부터 시작이었다. "종일 집구석에서 아무것도 안 하고 빈둥빈둥 놀면서―이 집에 도무지 보탬이 되질 않아―하는 일이라곤 오직 먹는 것뿐이지―그 초콜릿, 여섯 개에 1파운드 89센트짜리야." 아, 미친다. 사방에 덫이 깔려 있어 까닥 잘못 밟았다간 엄마에게 소리 지를 빌미를 주고 만다. 심지어 트리 장식에도 덫이 있다.

다시 쓴 동화

초콜릿은 덫

당신은 그 덫으로 나를 잡았지

헨젤과 그레텔의 마녀처럼 당신은 나를 사악한 오두막으로 유혹했지

하지만 마지막엔 마녀가 죽고 말았다는 걸 명심하길.

12월 8일 금요일

루퍼트 곰인형

🕐 오후 4시 3분

할머니가 돌아가셨다. 오늘 이른 아침에 병원에 갔다 돌아온 엄마가 루퍼트 곰인형을 내밀 때부터 나쁜 소식임을 짐작할 수 있었다. 엄마는 자식에게 포옹을 해주는 타입이 아니라서 내게 그 인형을 내미는 것이니까.

학교에 가지 않았다.

종일 울었다. 지금 생각해보면 할머니는 모든 걸 알고 있었던 것 같다. 내가 미치광이이며 머릿속으로 온갖 괴상한 생각들을 하고 있다는 것도 아셨을 거다. 작년에 내 정신이 아프기 시작했을 때도 할머니는 그러다 내가 정신줄을 놓으리라는

것도 알았다. 너무 슬프다. 이번에 학교 연극은 아트 센터에서
《안티고네》를 할 예정이고 나는 음악을 맡기로 되어 있었다.
하지만 할머니가 돌아가신 충격 때문에 도저히 자신이 없어
다른 사람에게 부탁했다. 다시는 할머니를 볼 수 없다는 게 믿
기지 않는다. 이런 생각을 한다는 게 너무 한심해서 웃음이 나
올 것 같다. 하지만 한심할 것도 없다. 이게 현실이다.

<u>12월 9일 토요일</u>

눈물을 멈출 수 없어

🕐 저녁 6시 35분

오늘 저녁엔 외출을 하지 않았다. 친구들은 다들 착하다.
하지만 그들이 잘해주면 눈물이 나올 거고, 그럼 그들은 포옹
해줄 거고, 난 걷잡을 수 없게 될 게 분명하다. 게다가 울면 내
얼굴은 완전히 망가져서 너무 꼴 보기 싫어진다.

모트에게 전화를 걸었다. 모트는 늘 그렇듯 상냥하게 대
해주었다.

엄마랑 얘기를 나눴다. 엄마가 전에 할머니가 했던 말을
해주었다. "저온살균을 하지 않은 우유로 만든 아이스크림은
먹지 마. 오르가슴으로 가득해"라고 했다는 것. 원래는 오르가

슴이 아니라 오가니즘(미생물)이라고 말하려 했을 것이다. 우린 배를 잡고 웃었다. 그러다 내가 지금 이렇게 웃으면 안 될 것 같다고 말하자, 엄마는 죽은 사람들은 '고급스런 유머 감각을 갖고 있으니 할머니도 지금 우리랑 같이 웃고 있을 것'이라고 했다.

웃기는 얘기였으니 할머니도 같이 웃고 있기를 바란다. 할머니는 정말 좋은 사람이었다.

다시 눈물이 나온다. 젠장, 멈출 수가 없다.

12월 10일 일요일

장례식

🕐 오전 9시 28분

아침에 일어나 보니 방문 아래로 누군가 쪽지를 밀어넣어 두었다. 웨이터들이 쓰는 주문서에 쓴 쪽지였다.

레이.

우리 재미있는 계집애가 무사하길 바람.

사랑을 담아.

핀.

어젯밤에 여기 와서 쪽지를 넣고 간 모양이었다. 남의 차를 얻어 타고 온 게 아니면 이십오 분이나 걸어서 왔을 거다.

지금 같은 때에 기뻐 날뛰는 건 부적절하지만 솔직히 너무 좋아서 속이 울렁거렸다.

핀이 날 위해 먼 길을 와주었다. 요란한 음악을 들으며 방 안에서 춤을 춘다면 잘못된 행동일까? 물론 말도 안 되는 행동이라는 거 안다.

하지만 할머니는 이해하실 거다. 할머니는 남편을 사랑했고 음악을 사랑했던 분이니까. 가수 발 두니칸을 좋아하셨고, 〈더 블랙앤드화이트 민스트럴 쇼〉도 좋아하셨으니까. 나는 그 쇼에서 백인이 인종차별적으로 흑인 분장을 하고 나오는 게 거슬렸지만, 할머니는 인종차별주의자는 아니었다.

🕐 저녁 7시 12분

방금 전에 엄마랑 나눈 대화다.

엄마 　장례식은 화요일이야. 넌 안 와도 돼, 레이첼.

나 　하지만…….

엄마 　할머니도 괜찮다고 하실 거야…… 장례식이라는 건 그냥…… 웃기는 형식일 뿐이야.

나 　안 가면 안 되는 거 아니에요?

엄마   그런 게 어디 있어. 할머니는 네가 할머니 사랑했다는
       거 다 아셔. 네가 알아서 결정해.

엄마는 내가 할머니 장례식에 갔다가 충격으로 또 정신
줄을 놓을까 봐 걱정이 된 모양이다. 한 번 정신이 무너진 사
람은 언제든 다시 그렇게 될 수 있다고, 다들 그리 생각한다.
그래서 충격이 될 만한 곳에는 내가 얼씬도 하지 못하게 한다.
장례식에 안 가면 정말 나쁜 년이 될까? 장례식이라는 건
돌아가신 분의 죽음을 현실로 받아들이지 못한 사람들, 살아
있을 때 그분께 잘해드리지 못한 사람들이나 가는 건가?
어떻게 해야 할지 모르겠다.

12월 12일 화요일

내 어린 시절

🕐 오후 3시 15분

장례식이 잘 치러졌다고…… 장례식에 다녀온 엄마가 말
해줬다. 할머니도 괜찮았고 아무 문제없었다고. 무슨 말을 더
할까? 할머니는 이미 이 세상을 떠나셨는데.

🕙 밤 10시 55분

그냥 써두려고 한다. 내일은 내 열여덟 번째 생일이다. 생일을 맞아 소위 어린 시절을 돌아볼까 한다.

내 어린 시절은 괴상했다. 십대 시절은……? 글쎄, 대참사 정도는 아니다. 좋을 때도 있고 나쁠 때도 있으니까. 가끔은 여기 쓰고 싶지도 않은 일들로 상처를 받기도 했지만 말이다. 난 행복한 것 같다. 그런데 행복이라는 게 뭘까? 소리 내어 웃는 건 어렵지 않다. 영적인 평화를 얻는 게 정말 어렵지……. 그리고 난 여전히 뚱뚱하다.

요즘도 내 머리와 싸우고 있다. 일 년 전처럼 심하지는 않지만 아직 증상은 남아 있다. 머릿속에 온갖 끔찍한 생각들이 들어 있고 난 그걸 조절할 수가 있다. 그런 생각들을 머리에 떠올렸으니 스스로에게 벌을 주기 위해 여전히 자해도 한다. 비이성적이고 소름 끼치는 생각들. 왜 그런 생각을 하는지 도무지, 절대로 이해할 수가 없다. 하지만 난 낙천주의자다. 그리고 지난 일 년 동안 내 인생에서 경이적인 변화를 이뤄냈다. 열일곱 번째 생일 무렵만 해도 남자 근처에 가지도 못했고, 아예 외출을 안 했으며, 나쁜 생각들이 계속 떠올라 온종일 고문을 받다시피 했다. 그런데 지금은…….

지금은…… 남자랑 그럭저럭 편하게 지낸다. 아는 남자애들도 많고 주말마다, 휴일에는 거의 매일 펍에 간다. 가끔은 마음이 괴로울 때도 있지만, 그럴 때면 종이를 들고 들판에 나간다. 종이에 뭐든 끄적거리다 보면 곧 괜찮아진다.

남친만 생기면 상태가 더 좋아질 것 같은데. 내가 원하는 건 딱 한 사람이다. 하지만 도저히 내 것으로 만들 수가 없다.

12월 13일 수요일(내 열여덟 번째 생일)

생일 후기

🕐 밤 11시 30분

뭐라고 써야 할지 모르겠다.

생일은 끝내줬다.

좋은 친구들과 함께했다.

다들 멋졌다.

12월 20일 수요일

육 개월간, 안녕

🕐 오후 5시 50분

내일 핀에게 주려고 크리스마스카드를 썼는데, 주지 못할 것 같다. 카드에 대고 키스를 너무 많이 해서 핀이 이상한 낌새를 챌 것 같아서다.

일기, 네가 핀을 눈으로 볼 수 있으면 좋을 텐데. 그럼 그의 외모가 어떤지와 거만해 보이는 거죽 아래 보석처럼 빛나는 영혼이 있다는 걸 알 텐데.

그렇다, 핀은 침울한 인상이지만 그래도 내가 보기엔 멋지기만 하다. 핀은 내년에 육 개월간 남아프리카공화국에 가 있을 거라고 했다. 그 정도 기간이면 나도 애벌레에서 나비로 탈바꿈할 수 있지 않을까. 새우칵테일 과자가 존재하는 한 요원한 꿈이긴 하지만.

난 핀에게 이성적으로 좋은 감정을 느끼지만 그에게 전하지도 못하고 있다. 정말 우울하다.

12월 22일 금요일

아무도 모른다

🕐 밤 10시 50분

크리스마스를 맞이해 아드난이 돌아왔다. 영어가 전보다는 좀 나아졌다. 영어 수업을 받는 것 같다. 즐거운 크리스마스 보내라고 인사를 건네자 그가 말했다. "너도. 예언자 예수

의 생일 축하해"라고 대답했다. 엄마는 재빨리 나서서 이슬람
교에서는 예수를 예언자로 본다고 말해주었다. 엄마와 아드난
은 십대 커플처럼 서로에게 흠뻑 빠져서는…… 무어라 중얼거
리고 키스를 해가며 주방으로 들어갔다.

펍에서 튀긴 소시지가 나더러 공기를 넣어 부풀리는 산
타클로스 인형 같다고 말했다. 펍 안에 장식으로 놓아둔 커다
란 인형 말이다. 난 곧장 받아쳤다. "루돌프가 너보다 거기도
크고 섹스도 잘할걸." 튀긴 소시지는 웃음을 터뜨렸고 다들 따
라 웃었다. 튀긴 소시지는 여친을 물고 빨러 어딘가로 가버렸
고 나는 그 자리에 앉아 산타클로스 인형을 바라보았다.

저 인형이 바로 내 인생이다. 딱 맞는 표현이다. 젠장할.

이런 크리스마스는 정말 싫다. 너무 외로워서 눈물이 날
것 같다.

우울하다. 하지만 아무도 알아채지 못한다.

12월 25일 월요일(크리스마스)
끔찍한 크리스마스

🕐 오전 8시 34분

엄마가 만든 터키 샌드위치 냄새에 잠이 깼다…… 오전

8시 31분!

오늘 기대할 건 딱 두 가지다.

1> 내가 원하는 건 전혀 못 받을 거라는 점.

2> 엄마가 '오직 자기만족을 위해' 크리스마스를 맞이해 준비한 양배추 요리를 내게 억지로 먹일 거라는 점.

12월 29일 금요일

올해를 돌아보며

텔레비전으로 볼 만한 것도 없고 뭘 사러 나갈 돈도 없으니 올해나 돌아보자.

1989년에 대한 보고서

지금까지와는 굉장히 달랐던 한 해였다. 그 전에 육 개월간 나는 주로 몸이 많이 아팠고 마음도 그랬다. 한마디로 불행했다. 그러다 펍에 놀러 가게 됐다. 처음에는 주로 '홀인더월'이었고 나중에는 '볼츠' 펍에 갔다. ('주로'라는 표현을 두 번이나 썼네. 미안.) 거기서 해리를 포함해 지금은 친해진 친구들을 만났다. 해리 때문에 약간—약간보다는 조금 더 많이—마음이

상했던 게 사실이다. 왜 내가 그토록 괴로워했는지는 하늘만이 알 것이다. 해리는 인격도 걸레 같았고 키스도 더럽게 못하는 놈이었다.

처음에는 볼츠 펍이 별로였다. 지저분하고 누추한 싸구려 펍으로만 보였다. 그런데 점점 좋아졌다. 주인인 엘바 아줌마는 아주 멋진 사람이고 분위기도 끝내준다. 이 펍에서 나는 튀긴 소시지, 무화과를 처음 만났다. 무화과 덕분에 둔탱이랑 친해졌다. 둔탱이는 베서니를 대신해 내 절친이 되었다. 베서니와 둔탱이의 제일 큰 차이가 뭐게? 둔탱이는 베서니처럼 나쁜 년이 아니라는 거다.

핀

처음 만났을 때, 그는 잔뜩 술에 취해 홀인더월 펍 계단에서 구토가 나오려는 걸 간신히 참고 있었다. 그때도 핀은 멋이 흘러넘쳤다. 처음엔 핀을 잘난 척하는 럭비선수로만 여겼는데, 알고 보니 그렇지가 않았다. 그는……

……핀에 대해 당장은 아무에게도 말할 수가 없다. 하지만 그를 위해서라면 기꺼이 살을 빼고 변신을 할 만하다.

1990년 혹은 1990년대의 내 삶은 어떻게 전개될까. 자이브 버니는 좀 꺼져주길, 그리고 핀은 좀 더 내게 가까이 다가와 주길 바란다.

12월 31일 일요일

고백

시간을 정확히 따져 말하면 지금은 1990년 1월 1일이다. 나는 지금 둔탱이네가 기르는 작은 앵무새 월리와 함께 둔탱이 엄마의 소파에 누워 있다. 월리가 나한테 성질을 부려댄다.

맙소사.

남자들은 죄다 멍청이들이다.

오늘 저녁에도 정말 괴상했다. 도저히 믿기지 않는 상황의 연속이었다.

저녁 무렵 펍은 사람들이 잔뜩 들어차서 옴짝달싹하기도 힘든 지경이었는데, 갑자기 최고로 비현실적인 상황이 펼쳐졌다. 둔탱이랑 내가 적당히 취해 앉아 있는데, 그동안 내 주변에서 어슬렁대던 라이언이라는 놈이 다짜고짜 내게 다가와 쏘아댔다. "넌 기회를 놓친 거야, 레이. 나 이제 다른 여자 사귀기로 했어. 넌 툭하면 빈정대기나 하는데 그렇게 살지 마. 그것도 듣다 보니 지루하더라." 그러더니 데리고 있던 여자애를 부둥켜안고 내 앞에서 그 여자애의 목구멍 안으로 혀를 집어넣었다. 뭐지? 무슨 약이라도 한 건가? 둔탱이가 내게 물었다. "이게 지금 무슨 상황이야?" "나도 몰라. 별 미친놈 다 본다."

그리고 튀긴 소시지가 여친에게 차이고 모두가 보는 앞

에서 슬롯머신 옆에 주저앉아 울어댔다!!! 괜찮은지 보러 갔더니 날 놔주지 않았다. 놈은 계속 질질 짜며 주절거렸다. "여자들은 다 나빠, 레이. 차라리 플렌지(관(管)과 다른 기계 부분을 결합할 때 쓰는 부품—옮긴이)에 대고 섹스를 하더라도 걸레 같은 여자랑은 결혼 안 해. 난 그냥 오랫동안 쓸 수 있는 여자 성기만 있으면 돼."

잘난 튀긴 소시지도 결국은 우리처럼 사랑 받고 싶어 하는 인간에 지나지 않았다!

제기랄.

둔탱이도 나와 같은 생각이었다. 술기운이 오를수록 펍 안은 점점 분위기가 괴상해졌다. 심지어는 누군가가 주크박스로 섹시 걸 그룹 놀란스의 노래를 틀기도 했다. 세상의 종말인가 싶었다.

우리는 밤 11시 45분까지 볼츠 펍에서 놀다가 레드 라이언 광장으로 나갔다. 종소리는 들리지 않았지만, 이제 1990년이라는 말이 쭉 돌았다. 나는 또 뚱녀의 설움을 느껴야만 했다. 남자들은 키스 타임에 둔탱이에게 먼저 키스하고 이어서 다른 여자애들한테 다 한 다음 나에게는 마지막으로 키스를 했다. 나는 이럴 때도 제일 피하고 싶은 여자인가 보다……《스타워즈》의 자바더헛(스타워즈 시리즈에 등장하는 캐릭터로 달팽이를 닮은 뚱뚱하고 징그러운 외모를 갖고 있음—옮긴이)이랑 키스하는 기분이라 그런 걸까. 속으로 '젠장' 하고 욕을 했지만 겉으로는 아무렇지 않은 척했다. 그나마 남은 밤을 즐기려고 하는데 또 다른 일이 일어났다.

저녁 내내 나랑 실컷 웃고 떠들던 핀이 갑자기 나를 붙잡고 호스레인 가(街)의 남자 화장실 옆으로 데려간 것이다. 나는 계속 웃고 있었지만…… 그는 정색을 하더니 나더러 망할 입 좀 다물고 자기 얘기 좀 들으라고 소리쳤다!!

내가 말했다. "진정해, 친구." "젠장 입 다물라고. 어제 네가 우울했던 거 알아. 충분히 알고 있어." 그는 이렇게 말하더니 손으로 내 머리카락을 쓸어 넘기며 말을 이었다. "그러니까…… 넌 살을 조금만 빼면 돼. 얼굴은 예뻐. 다른 사람들도 다 그렇게 말하고 있어. 그리고 넌 참 재미있는 애야……. 그러니까 살을 조금만 빼면…… (그가 또 내 머리카락을 쓰다듬는데 나는 아무 말도 할 수가 없었다)…… 네 인생은 달라질 거야. 다른 사람들 신경 쓰란 얘기가 아니야! 네 기분이 더는 우울하지 않을 거란 말이야. 그리고 나는……."

그때 망할 튀긴 소시지가 나타나 핀에게 소리쳤다. "야, 와서 케밥 먹어. 추워서 불알 떨어지겠다!"

핀은 더는 아무 말도 하지 않았다. 나를 가만히 쳐다보다가 튀긴 소시지에게 뛰어갔다.

이게 네 시간 전에 일어났던 일이다.

"그리고 나는⋯⋯."

나는 이렇게 그가 했던 말을 되씹어본다. 핀은 무슨 말을 하려고 했을까?

분석하고 싶지 않다. 그냥 머릿속에서 계속 떠올리고만 싶다.

그가 내 머리카락을 쓸어주던 감촉⋯⋯ 그거면 됐다.

그래⋯⋯ 30킬로그램쯤 빼는 게 뭐 대수라고. 할 수 있어.

"얼굴은 예뻐."

작은 앵무새의 집에 달려 있는 거울을 들여다보았다. 처음으로 핀의 말이 맞을지도 모른다는 생각이 들었다.

Thanks to

텔레비전 시리즈 방송을 기념해 특별 출간된 이번 판에서, 몇몇 스탬퍼드 주민들과 방송 관련자분들께 특별히 감사의 말씀을 드리고자 합니다.

우선 지난 스물세 해 동안 변함없는 지지를 보내주고, 많은 웃음을 주고, 생선도 듬뿍 안겨준 최고로 멋진 내 친구 엠마 '모트' 드루어리, 스파게티 정션(스파게티 면처럼 복잡하게 얽혀 있는 교차로—옮긴이)과 '패스트 포워드' 펀데이, 모나(MONA) 같은 온갖 재미난 곳에 나와 함께 싸돌아 다녀준 비범한 여인 사라 '사즈 드 피' 파월, 유머러스하고 상냥한 우리의 전설 '편'과 '튀긴 소시지'에게 고맙단 말을 전하고 싶습니다.

스탬퍼드 고등학교에서 만난 환상적인 친구들—스테프, 캐런, 미셸, 니키, 소피, 폴리, 샬럿, 캐리, 바버라, 돈나, 클레어, 에밀리, 멜리사, 커스틴, 루시, 엘레너, 헬렌, 안나, 리사, 질, 커스티, 사라, 폴리. 우리 정말 끝내주는 한 해를 보냈지!

보리스에서 아이스크림을 띄운 콜라를 사주고 모타운 음악도 실컷 듣게 해준 상사 셸리 레더 씨.

뛰어난 통찰력과 대단한 실행력을 지니고 있는 분이기에 내가 존경하고 사랑해 마지않는 드라마 기획자 주드 리크나이츠키 씨.

엄청난 글 솜씨를 지니고 있을 뿐 아니라 상대의 월경 주기에 맞춰 기분을 맞춰줄 줄도 아는 극본가 탐 비드웰 씨.

뛰어나고 훌륭한 여배우 샤론 루니 씨. 당신이 '나'를 연기해줘서 정말 영광입니다!

그리고 브라이언 틸 씨에게 감사드립니다. 당신이 은퇴하던 날 기념으로 받은 그 망할 놈의 나무가 꽤 자랄 때까지 나는 계속 이 고마운 마음을 품고 있으렵니다.

그 밖에도 루시 커니, 리 프라이스, 앤디 퓨스터, 폴 로비, 타비드 로이드, 롭 웨그스태프, 루 그린, 앤디 업턴, 앤드루, 리사 캐터닉과 로버트 캐터닉, CK 커커래리디스와 PK 커커래리디스, 그리고 한결같은 마음으로 에이전트 일을 맡아준 능력자 이브 화이트에게 감사의 말씀을 전합니다.

마이 매드 팻 다이어리

초판 1쇄 발행 2014년 11월 5일
초판 3쇄 발행 2015년 8월 25일

지은이 레이 얼
옮긴이 공보경
일러스트 아방 abang0209.blog.me
펴낸이 이범상
펴낸곳 (주)비전비엔피 · 애플북스

기획 편집 이경원 박월 윤자영 강찬양
디자인 최희민 김혜림 이미숙
마케팅 한상철 이재필 김희정
전자책 김성화 김소연
관리 박석형 이다정

주소 우)04034 서울시 마포구 잔다리로7길 12 (서교동)
전화 02)338-2411 | **팩스** 02)338-2413
홈페이지 www.visionbp.co.kr
이메일 visioncorea@naver.com
원고투고 editor@visionbp.co.kr

등록번호 제313-2007-000012호

ISBN 978-89-94353-65-4 04840
　　　　979-11-86639-05-4 (SET)

「이 도서의 국립중앙도서관 출판시도서목록(CIP)은 서지정보유통지원시스템 홈페이지(http://seoji.nl.go.kr)와 국가자료공동목록시스템(http://www.nl.go.kr/kolisnet)에서 이용하실 수 있습니다.(CIP제어번호: CIP2014029762)」

— MY MAD FAT DIARY —